La chanson

Joseph Bédier

(1920-1922)

Biographie de l'auteur

Charles Marie Joseph Bédier, né le 28 janvier 1864 à Paris 6e et mort le 29 août 1938 au Grand-Serre dans la Drôme, est un philologue romaniste français, spécialiste de la littérature médiévale.

Sa famille est d'origine bretonne mais s'est installée dès 1744 à l'île de la Réunion. Bien que né à Paris, il retourne passer son enfance à La Réunion après le décès de son père alors qu'il n'est âgé que de quatre ans. Il devient professeur de littérature française du Moyen Âge. Il publie de nombreux textes médiévaux en français moderne, tels que Tristan et Iseut (1900), La Chanson de Roland (1921), les Fabliaux (1893). Il est élu membre de l'Académie française en 1920.

Né à Paris, il passe toute son enfance et son adolescence à l'île de La Réunion, où étaient établis ses parents (son père Adolphe est avocat), jusqu'à 1883, année de son admission à l'âge de 19 ans (à la suite de son frère Édouard) à l'École normale supérieure, où il reste jusqu'à l'agrégation de lettres (1886). Désireux d'apprendre davantage, il assiste aux conférences organisées par l'École pratique des hautes études et le Collège de France, où il rencontre son maître, Gaston Paris, qui exercera sur lui une grande influence et qu'il ne cessera de vénérer.

De 1889 à 1891, il est le premier professeur de langue et littérature françaises de la nouvelle Université de Fribourg. Il rentre en France en 1891 pour occuper un poste à la faculté de lettres de l'université de Caen et se marie avec Eugénie Bizarelli, dont il aura trois enfants (dont Jean, banquier). Il trouve du temps pour publier divers travaux dans Romania et dans la Revue des deux Mondes.

Quand en 1914 éclate la guerre, la situation change complètement, puisqu'il met ses connaissances en allemand à la disposition de l'état-major. Le travail de Bédier au ministère de la Guerre le maintient éloigné de l'enseignement jusqu'en 1920, année où il est admis à l'Académie française, au fauteuil d'Edmond Rostand, ce dont il est très fier .

Quand en 1914 éclate la guerre, la situation change complètement, puisqu'il met ses connaissances en allemand à la disposition de l'état-major. Le travail de Bédier au ministère de la Guerre le maintient éloigné de l'enseignement jusqu'en 1920, année où il est admis à l'Académie française, au fauteuil d'Edmond Rostand, ce dont il est très fier .

I

LE roi Charles, notre empereur, le Grand, sept ans tous pleins est resté dans l'Espagne : jusqu'à la mer il a conquis la terre hautaine. Plus un château qui devant lui résiste, plus une muraille à forcer, plus une cité, hormis Saragosse, qui est sur une montagne. Le roi Marsile la tient, qui n'aime pas Dieu. C'est Mahomet qu'il sert, Apollin qu'il prie. Il ne peut pas s'en garder : le malheur l'atteindra.

II

LE roi Marsile est à Saragosse. Il s'en est allé dans un verger, sous l'ombre. Sur un perron de marbre bleu il se couche ; autour de lui, ils sont plus de vingt mille. Il appelle et ses ducs et ses comtes : « Entendez, seigneurs, quel fléau nous opprime. L'empereur Charles de douce France est venu dans ce pays pour nous confondre. Je n'ai point d'armée qui lui donne bataille ; ma gent n'est pas de force à rompre la sienne. Conseillez-moi, vous, mes hommes sages, et gardez-moi et de mort et de honte ! » Il n'est païen qui réponde un seul mot, sinon Blancandrin, du château de Val-Fonde.

III

ENTRE les païens Blancandrin était sage : par sa vaillance, bon chevalier ; par sa prud'homie, bon conseiller de son seigneur. Il dit au roi : « Ne vous effrayez pas ! Mandez à Charles, à l'orgueilleux, au fier, des paroles de fidèle service et de très grande amitié. Vous lui donnerez des ours et des lions et des chiens, sept cents chameaux et mille autours sortis de mue, quatre cents mulets, d'or et d'argent chargés, cinquante chars dont il formera un charroi : il en pourra largement payer ses soudoyers. Mandez-lui qu'en cette terre assez longtemps il guerroya ; qu'en France, à Aix, il devrait bien s'en retourner ; que vous y suivrez à la fête de saint Michel ; que vous y recevrez la loi des chrétiens ; que vous deviendrez son vassal en tout honneur et tout bien. Veut-il des otages, or bien, envoyez-en, ou dix ou vingt, pour le mettre en confiance. Envoyons-y les fils de nos femmes : dût-il périr, j'y enverrai le mien. Bien mieux vaut qu'ils y perdent leurs têtes et que nous ne perdions pas, nous, franchise et seigneurie, et ne soyons pas conduits à mendier. »

IV

BLANCANDRIN dit. « Par cette mienne dextre, et par la barbe qui flotte au vent sur ma poitrine, sur l'heure vous verrez l'armée des Français se défaire. Les Francs s'en iront en France : c'est leur pays. Quand ils seront rentrés chacun dans son plus cher domaine, et Charles dans Aix, sa chapelle, il tiendra, à la Saint-

Michel, une très haute cour. La fête viendra, le terme passera : le roi n'entendra de nous sonner mot ni nouvelle. Il est orgueilleux et son cœur est cruel : il fera trancher les têtes de nos otages. Bien mieux vaut qu'ils perdent leurs têtes, et que nous ne perdions pas, nous, claire Espagne la belle, et que nous n'endurions pas les maux et la détresse ! » Les païens disent : « Peut-être il dit vrai ! »

V

LE roi Marsile a tenu son conseil. Il appela Clarin de Balaguer, Estamarin et son pair Eudropin, et Priamon et Guarlan le Barbu, et Machiner et son oncle Maheu, et Joüner et Malbien d'outre-mer, et Blancandrin, pour parler en son nom. Des plus félons, il en a pris dix à part : « Vers Charlemagne, seigneurs barons, vous irez. Il est devant la cité de Cordres, qu'il assiège. Vous porterez en vos mains des branches d'olivier, ce qui signifie paix et humilité. Si par votre adresse vous pouvez trouver pour moi un accord, je vous donnerai de l'or et de l'argent en masse, des terres et des fiefs, tant que vous en voudrez. » Les païens disent : « C'est nous combler ! »

VI

LE roi Marsile a tenu son conseil. Il dit à ses hommes : « Seigneurs, vous irez. Vous porterez des branches d'olivier en vos mains, et vous direz au roi Charlemagne que pour son Dieu il me fasse merci ; qu'il ne verra point ce premier mois passer que je ne l'aie rejoint avec mille de mes fidèles ; que je recevrai la loi chrétienne et deviendrai son homme en tout amour et toute foi. Veut-il des otages, en vérité, il en aura. » Blancandrin dit : « Par-là vous obtiendrez un bon accord. »

VII

MARSILE fit amener dix mules blanches, que lui avait envoyées le roi de Suatille. Leurs freins sont d'or ; les selles, serties d'argent. Les messagers montent ; en leurs mains ils portent des branches d'olivier. Ils s'en vinrent vers Charles, qui tient France en sa baillie. Charles ne peut s'en garder : ils le tromperont.

VIII

L'EMPEREUR s'est fait joyeux ; il est en belle humeur : Cordres, il l'a prise. Il en a broyé les murailles, et de ses pierrières abattu les tours. Grand est le butin qu'ont fait ses chevaliers, or, argent, précieuses armures. Dans la cité plus un païen n'est resté : tous furent occis ou faits chrétiens. L'empereur est dans un grand verger : près de lui, Roland et Olivier, le duc Samson et Anseïs le fier, Geoffroi d'Anjou, gonfalonier du roi, et là furent encore et Gerin et Gerier, et avec eux tant d'autres de douce France, ils sont quinze milliers. Sur de blancs tapis de soie sont assis les chevaliers ; pour se divertir, les plus sages et les vieux jouent aux tables et aux échecs, et les légers bacheliers s'escriment de l'épée. Sous un pin, près d'un églantier, un trône est dressé, tout d'or pur : là est assis le roi qui tient douce France. Sa barbe est blanche et tout fleuri son Chef ; son corps est beau, son maintien fier : à qui le cherche, pas n'est besoin qu'on le désigne. Et les messagers mirent pied à terre et le saluèrent en tout amour et tout bien.

IX

BLANCANDRIN parle, lui le premier. Il dit au roi : « Salut au nom de Dieu, le Glorieux, que nous devons adorer ! Entendez ce que vous mande le roi Marsile, le preux. Il s'est bien enquis de la loi qui sauve ; aussi vous veut-il donner de ses richesses à foison, ours et lions, et vautres menés en laisse, sept cents chameaux et mille autours sortis de mue, quatre cents mulets, d'or et d'argent troussés, cinquante chars dont vous ferez un charroi, comblés de tant de besants d'or fin que vous en pourrez largement payer vos soudoyers. En ce pays vous avez fait un assez long séjour. En France, à Aix, il vous sied de retourner. Là vous suivra, il vous l'assure, mon seigneur. » L'empereur tend ses mains vers Dieu, baisse la tête et se prend à songer.

X

L'EMPEREUR garde la tête baissée. Sa parole jamais ne fût hâtive : telle est sa coutume, il ne parle qu'à son loisir. Quand enfin il se redressa, son visage était plein de fierté. Il dit aux messagers : « Vous avez très bien parlé. Mais le roi Marsile est mon grand ennemi. De ces paroles que vous venez de dire, comment pourrai-je avoir garantie ? – Par des otages », dit le Sarrasin, « dont vous aurez ou dix, ou quinze, ou vingt. Dût-il périr, j'y mettrai un mien fils, et vous en recevrez, je crois, de mieux nés encore. Quand vous serez en votre palais souverain, à la haute fête de saint Michel du Péril, là vous suivra, il vous l'assure, mon seigneur. Là, en vos bains, que Dieu fit pour vous, il veut devenir chrétien. » Charles répond. « Il peut encore parvenir au salut. »

XI

LA vêprée était belle et le soleil clair. Charles fait établer les dix mulets. Dans le grand verger il fait dresser une tente. C'est là qu'il héberge les dix messagers ; douze sergents prennent grand soin de leur service. Ils y restent cette nuit tant que vint le jour clair. De grand matin l'empereur s'est levé ; il a écouté messe, et matines. Il s'en est allé sous un pin ; il i mande ses barons pour tenir son conseil : en toutes ses voies il veut pour guides ceux de France.

XII

L'EMPEREUR s'en va sous un pin ; pour tenir son conseil il mande ses barons : le duc Ogier et l'archevêque Turpin, Richard le Vieux et son neveu Henri, et le preux comte de Gascogne Acelin, Thibaud de Reims et son cousin Milon. Vinrent aussi et Gerier et Gerin ; et avec eux le comte Roland et Olivier, le preux et le noble ; des Francs de France ils sont plus d'un millier ; Ganelon y vint, qui fit la trahison. Alors commence le conseil d'où devait naître une grande infortune.

XIII

« SEIGNEURS barons », dit l'empereur Charles, « le roi Marsile m'a envoyé ses messagers. De ses richesses il veut me donner à foison, ours et lions, et vautres dressés pour qu'on les mène en laisse, sept cents chameaux et mille autours bons à mettre en mue, quatre cents mulets chargés d'or d'Arabie, et en outre plus de cinquante chars. Mais il me mande que je m'en aille en France : il me suivra à Aix, en mon palais, et recevra notre loi, qu'il avoue la plus sainte ; il sera chrétien, c'est de moi qu'il tiendra ses terres. Mais je ne sais quel est le fond de son cœur. » Les Français disent : « Méfions-nous ! »

XIV

L'EMPEREUR a dit sa pensée. Le comte Roland, qui ne s'y accorde point, tout droit se dresse et vient y contredire. Il dit au roi : « Malheur si vous en croyez Marsile ! Voilà sept ans tous pleins que nous vînmes en Espagne. Je vous ai conquis et Noples et Commibles ; j'ai pris Valterne et la terre de Pine et Balaguer et Tudèle et Sezille. Alors le roi Marsile fit une grande trahison : de ses païens il en envoya quinze, et chacun portait une branche d'olivier, et ils vous disaient toutes ces mêmes paroles. Vous prîtes le conseil de vos Français. Ils vous conseillèrent assez follement : vous fîtes partir vers le païen deux de vos comtes, l'un était Basan et l'autre Basile ; dans la montagne, sous Haltilie, il prit leur têtes. Faites la guerre comme vous l'avez commencée ! Menez à Saragosse le ban de votre armée ; mettez-y le siège, dût-il durer toute votre vie, et vengez ceux que le félon fit tuer. »

XV

L'EMPEREUR tient la tête baissée. Il lisse sa barbe, arrange sa moustache, ne fait à son neveu, bonne ou mauvaise, nulle réponse. Les Français se taisent, hormis Ganelon. Il se dresse droit sur ses pieds, vient devant Charles. Très fièrement il commence. Il dit au roi : « Malheur, si vous en croyez le truand, moi ou tout autre, qui ne parlerait pas pour votre bien ! Quand le roi Marsile vous mande que, mains jointes, il deviendra votre homme, et qu'il tiendra toute l'Espagne comme un don de votre grâce, et qu'il recevra la loi que nous gardons, celui-là qui vous conseille que nous rejetions un tel accord, peu lui chaut, sire, de quelle mort nous mourrons. Un conseil d'orgueil ne doit pas prévaloir. Laissons les fous, tenons-nous aux sages ! »

XVI

Alors Naimes s'avança ; il n'y avait en la cour nul meilleur vassal. Il dit au roi : « Vous l'avez bien entendue, la réponse que vous fit Ganelon ; elle a du sens, il n'y a qu'à la suivre. Le roi Marsile est vaincu dans sa guerre : tous ses châteaux, vous les lui avez ravis ; de vos pierrières vous avez brisé ses murailles ; vous avez brûlé ses cités, vaincu ses hommes. Aujourd'hui qu'il vous mande que vous le receviez à merci, lui en faire pis, ce serait péché. Puisqu'il veut vous donner en garantie des otages, cette grande guerre ne doit pas aller plus avant. » Les Français disent : « Le duc a bien parlé ! »

XVII

« SEIGNEURS barons, qui y enverrons-nous, à Saragosse, vers le roi Marsile ? » Le duc Naimes répond : « J'irai, par votre congé : livrez m'en sur l'heure le gant et le bâton. » Le roi dit. « Vous êtes homme de grand conseil ; par cette mienne barbe, vous n'irez pas de sitôt si loin de moi. Retournez vous asseoir, car nul ne vous a requis ! »

XVIII

« SEIGNEURS barons, qui pourrons-nous envoyer au Sarrasin qui tient Saragosse ? » Roland répond : « J'y puis aller très bien. – Vous n'irez certes pas », dit le comte Olivier. « Votre cœur est âpre et orgueilleux, vous en viendriez aux prises, j'en ai peur. Si le roi veut, j'y puis aller très bien. » Le roi répond : « Tous deux, taisez-vous ! Ni vous ni lui n'y porterez les pieds. Par cette barbe que vous voyez toute blanche, malheur à qui me nommerait l'un des douze pairs ! » Les Français se taisent, restent tout interdits.

XIX

TURPIN de Reims s'est levé, sort du rang, et dit au roi : « Laissez en repos vos Francs ! En ce pays sept ans vous êtes resté : ils y ont beaucoup enduré de peines, beaucoup d'ahan. Mais donnez-moi, sire, le bâton et le gant, et j'irai vers le Sarrasin d'Espagne : je vais voir un peu comme il est fait. » L'empereur répond, irrité : « Allez vous rasseoir sur ce tapis blanc ! N'en parlez plus, si je ne vous l'ordonne ! »

XX

« FRANCS chevaliers », dit l'empereur Charles, « élisez-moi un baron de ma terre, qui puisse porter à Marsile mon message. » Roland dit : « Ce sera Ganelon, mon parâtre. » Les Français disent : « Certes il est homme à le faire ; lui écarté, vous n'en verrez pas un plus sage. » Et le comte Ganelon en fut pénétré d'angoisse. De son col il rejette ses grandes peaux de martre ; il reste en son bliaut de soie. Il a les yeux vairs, le visage très fier ; son corps est noble, sa poitrine large : il est si beau que tous ses pairs le contemplent. Il dit à Roland : « Fou ! pourquoi ta frénésie ? Je suis ton parâtre, chacun le sait, et pourtant voici que tu m'as désigné pour aller vers Marsile. Si Dieu donne que je revienne de là-bas, je te ferai tel dommage qui durera aussi longtemps que tu vivras ! » Roland répond : « Ce sont propos d'orgueil et de folie. On le sait bien, je n'ai cure d'une menace ; mais pour un message il faut un homme de sens ; si le roi veut, je suis prêt : je le ferai à votre place. »

XXI

GANELON répond. « Tu n'iras pas à ma place ! Tu n'est pas mon vassal, je ne suis pas ton seigneur. Charles commande que je fasse son service : j'irai à Saragosse, vers Marsile ; mais avant que j'apaise ce grand courroux où tu me vois, j'aurai joué quelque jeu de ma façon. » Quand Roland l'entend, il se prend à rire.

XXII

QUAND Ganelon voit que Roland s'en rit, il en a si grand deuil qu'il pense éclater de courroux ; peu s'en faut qu'il ne perde le sens. Et il dit au comte : « Je ne vous aime pas, vous qui avez fait tourner sur moi cet injuste choix. Droit empereur, me voici devant vous : je veux accomplir votre commandement.

XXIII

J'IRAI à Saragosse ! Il le faut, je le sais bien. Qui va là-bas n'en peut revenir. Sur toutes choses, rappelez-vous que j'ai pour femme votre sœur. J'ai d'elle un fils, le plus beau qui soit. C'est Baudoin », dit-il, « qui sera un preux. C'est à lui que je lègue mes terres et mes fiefs. Prenez-le bien sous votre garde, je ne le reverrai de mes yeux. » Charles répond : « Vous avez le cœur trop tendre. Puisque je le commande, il vous faut aller. »

XXIV

LE roi dit : « Ganelon, approchez et recevez le bâton et le gant. Vous l'avez bien entendu : les Francs vous ont choisi. – Sire », dit Ganelon, « c'est Roland qui a tout fait ! Je ne l'aimerai de ma vie, ni Olivier, parce qu'il est son compagnon. Les douze pairs, parce qu'ils l'aiment tant, je les défie, sire, ici, sous votre regard ! » Lé roi dit : « Vous avez trop de courroux. Vous irez certes, puisque je le commande. – J'y puis aller, mais sans nulle sauvegarde, tout comme Basile et son frère Basant. »

XXV

L'EMPEREUR lui tend son gant, celui de sa main droite. Mais le comte Ganelon eût voulu n'être pas là. Quand il pensa le prendre, le gant tomba par terre. Les Français disent : « Dieu ! quel signe est-ce là ? De ce message nous viendra une grande perte. – Seigneurs », dit Ganelon, « vous en entendrez des nouvelles ! »

XXVI

« SIRE », dit Ganelon, « donnez-moi votre congé. Puisqu'il me faut aller, je n'ai que faire de plus m'attarder. » Et le roi dit : « Allez, par le congé de Jésus et par le mien ! » De sa dextre il l'a absous et signé du signe de la croix. Puis il lui délivra le bâton et le bref.

XXVII

LE comte Ganelon s'en va à son campement. Il se pare des équipements les meilleurs qu'il peut trouver. A ses pieds il a fixé des éperons d'or, il ceint à ses flancs Murgleis, son épée. Sur Tachebrun, son destrier, il monte ; son oncle, Guinemer, lui a tenu l'étrier. Là vous eussiez vu tant de chevaliers pleurer, qui tous lui disent : « C'est grand'pitié de votre prouesse ! En la cour du roi vous fûtes un long temps, et l'on vous y tenait pour un noble vassal. Qui vous marqua pour aller là-bas, Charles lui-même ne pourra le protéger ni le sauver. Non, le comte Roland n'eût pas dû songer à vous : vous êtes issu d'un trop grand lignage. » Puis ils lui disent : « Sire, emmenez-nous ! » Ganelon répond : « Ne plaise au Seigneur Dieu ! Mieux vaut que je meure seul et que vivent tant de bons chevaliers. En douce France, seigneurs, vous rentrerez. De ma part saluez ma femme, et Pinabel, mon ami et mon pair, et Baudoin, mon fils... Donnez-lui votre aide et tenez-le pour votre seigneur. » Il entre en sa route et s'achemine.

XXVIII

GANELON chevauche sous de hauts oliviers. Il a rejoint les messagers sarrasins. Or voici que Blancandrin s'attarde à ses côtés : tous deux conversent par grande ruse. Blancandrin dit : « C'est un homme merveilleux que Charles ! Il a conquis la Pouille et toute la Calabre ; il a passé la mer salée et gagné à saint Pierre le tribut de l'Angleterre : que vient-il encore chercher ici, dans notre pays ? » Ganelon répond : « Tel est son bon plaisir. Jamais homme ne le vaudra. »

XXIX

BLANCANDRIN dit : « Les Francs sont gens très nobles. Mais ils font grand mal à leur seigneur, ces ducs et ces comtes qui le conseillent comme ils font : ils l'épuisent et le perdent, lui et d'autres avec lui. » Ganelon répond : « Ce n'est vrai, que je sache, de personne, sinon de Roland, lequel, un jour, en pâtira. L'autre matin, l'empereur était assis à l'ombre. Survint son neveu, la brogne endossée, qui des abords de Carcasoine ramenait du butin. A la main il tenait une pomme vermeille : « Prenez, beau sire, dit-il à son oncle : de tous les rois je vous donne en présent les couronnes. » Son orgueil est bien fait pour le perdre, car chaque jour il s'offre en proie à la mort. Vienne qui le tue ; nous aurions paix plénière ! »

XXX

BLANCANDRIN dit ; « Roland est bien digne de haine, qui veut réduire à merci toute nation et qui prétend sur toutes les terres ! Pour tant faire, sur qui donc compte-t-il ? » Ganelon répond : « Sur les Français ! Ils l'aiment tant que jamais ils ne voudront lui faillir. Il leur donne à profusion or et argent, mulets et destriers, draps de soie, armures. A l'empereur même il donne tout ce qu'il veut (?) : il lui conquerra les terres d'ici jusqu'en Orient. »

XXXI

TANT chevauchèrent Ganelon et Blancandrin qu'ils ont échangé sur leur foi une promesse : ils chercheront comment faire tuer Roland. Tant chevauchèrent-ils par voies et par chemins qu'à Saragosse ils mettent pied à terre, sous un if. A l'ombre d'un pin un trône était dressé, enveloppé de soie d'Alexandrie. Là est le roi qui tient toute l'Espagne. Autour de lui vingt mille Sarrasins. Pas un qui sonne mot, pour les nouvelles qu'ils voudraient ouïr. Voici que viennent Ganelon et Blancandrin.

XXXII

BLANCANDRIN est venu devant Marsile ; il tient par le poing le comte Ganelon. Il dit au roi : « Salut, au nom de Mahomet et d'Apollin, de qui nous gardons les saintes lois ! Nous avons fait votre message à Charles. Vers le ciel il éleva ses deux mains, loua son Dieu, ne fit autre réponse. Il vous envoie, le voici, un sien noble baron, qui est de France et très haut homme. Par lui vous apprendrez si vous aurez la paix ou non. » Marsile répond : « Qu'il parle, nous l'entendrons ! »

XXXIII

OR le comte Ganelon y avait fort songé. Par grand art il commence, en homme qui sait parler bien. Il dit au roi : « Salut, au nom de Dieu, le Glorieux, que nous devons adorer ! Voici ce que vous mande Charlemagne, le preux : recevez la sainte loi chrétienne, il veut vous donner la moitié de l'Espagne en fief. Si vous ne voulez pas accepter cet accord, vous serez pris et lié de vive force ; à la cité d'Aix vous serez emmené ; là, par jugement, finira votre vie : vous mourrez de mort honteuse et vile. » Le roi Marsile a frémi. Il tenait un dard, empenné d'or : il veut frapper, mais on l'a retenu.

XXXIV

LE roi Marsile a changé de couleur. Il secoue son javelot. Quand Ganelon le voit, il met la main à son épée. Il l'a tirée du fourreau la longueur de deux doigts. Il lui dit : « Vous êtes très belle et claire. Si longtemps en cour royale je vous aurai portée ! Il n'aura point sujet, l'empereur de France, de dire que je suis mort, seul en la terre étrangère, sans que les plus vaillants vous aient achetée à votre prix. » Les païens disent : « Empêchons la mêlée ! »

XXXV

TANT l'ont prié les meilleurs Sarrasins que sur son trône Marsile s'est rassis. L'Algalife dit : « Vous nous mettiez en un mauvais pas, quand vous vouliez frapper le Français : vous deviez écouter et entendre. – Sire », dit Ganelon, « ce sont choses qu'il convient que j'endure. Mais je ne laisserais pas, pour tout l'or que fit Dieu, ni pour toutes les richesses qui sont en ce pays, de lui dire, si j'en ai le loisir, ce que Charles, le roi puissant, lui mande par moi, lui mande comme à son mortel ennemi. » Il portait un manteau de zibeline, recouvert de soie d'Alexandrie. Il le rejette, et Blancandrin le reçoit ; mais son épée, il n'a garde de la lâcher. En son poing droit, par le pommeau doré, il la tient. Les païens disent : « C'est un noble baron ! »

XXXVI

GANELON s'est avancé vers le roi. Il lui dit : « Vous vous irritez à tort, puisque Charles, qui règne sur la France, vous mande ceci : Recevez la loi des chrétiens, il vous donnera en fief la moitié de l'Espagne. L'autre moitié, Roland l'aura, son neveu : vous partagerez avec un très orgueilleux co-seigneur. Si vous ne voulez pas accepter cet accord, le roi viendra vous assiéger dans Saragosse : de vive force vous serez pris et lié ; vous serez mené droit à la cité d'Aix ; vous n'aurez pour la route palefroi ni destrier, mulet ni mule, que vous puissiez chevaucher ; vous serez jeté sur une mauvaise bête de somme ; là, par jugement, vous aurez la tête tranchée. Notre empereur vous envoie ce bref. » Il l'a remis au païen, dans sa main droite.

XXXVII

MARSILE a pâli de courroux. Il rompt le sceau, en jette la cire, regarde le bref, voit ce qui est écrit : « Charles me mande, le roi qui tient la France en sa baillie, qu'il me souvienne de sa douleur et de sa colère pour Basan et son frère Basile, de qui j'ai pris les têtes aux monts de Haltoïe ; si je veux racheter ma vie, que je lui envoie mon oncle l'Algalife ; sans quoi, jamais il ne m'aimera. » Alors le fils de Marsile prit la parole. Il dit au roi : « Ganelon a parlé en fou. Il en a trop fait : il n'a plus droit à vivre.

Livrez-le moi, je ferai justice. » Quand Ganelon l'entend, il brandit son épée, va sous le pin, s'adosse au tronc.

XXXVIII

MARSILE s'est retiré dans le verger. Il a emmené avec lui ses meilleurs vassaux. Et Blancandrin y vint, au poil chenu, et Jurfaret, qui est son fils et son héritier, et l'Algalife, son oncle et son fidèle. Blancandrin dit : « Appelez le Français : il nous servira, il me l'a juré sur sa foi. » Le roi dit : « Amenez-le donc. » Et Blancandrin l'a pris par la main droite et le conduit par le verger jusqu'au roi. Là ils débattent la laide trahison.

XXXIX

« BEAUX sire Ganelon », lui dit Marsile, « je vous ai traité un peu légèrement quand, en ma colère, je faillis vous frapper. Je vous le gage par ces peaux de martre zibeline, dont l'or vaut plus de cinq cents livres : avant demain soir je vous aurai payé une belle amende. » Ganelon répond : « Je ne refuse pas. Que Dieu, s'il lui plaît, vous en récompense ! »

XL

MARSILE dit : « Ganelon, sachez-le, en vérité, j'ai à cœur de beaucoup vous aimer. Je veux vous entendre parler de Charlemagne. Il est très vieux, il a usé son temps ; à mon escient il a deux cents ans passés. Il a par tant de terres mené son corps, il a sur son bouclier pris tant de coups, il a réduit tant de riches rois à

mendier : quand sera-t-il las de guerroyer ? » Ganelon répond :
« Charles n'est pas celui que vous pensez. Nul homme ne le voit et
n'apprend à le connaître qui ne dise : l'empereur est un preux. Je
ne saurais le louer et le vanter assez : il y a plus d'honneur de
noblesse ! Il aimerait mieux la mort que de faillir à ses barons. »

XLI

LE païen dit : « Je m'émerveille, et j'en ai bien sujet.
Charlemagne est vieux et chenu ; à mon escient il a deux cents ans
et mieux ; par tant de terres il a mené son corps à la peine, il a pris
tant de coups de lances et d'épieux, il a réduit à mendier tant de
riches rois : quand sera-t-il recru de mener ses guerres ? –
Jamais », dit Ganelon, « tant que vivra son neveu. Il n'y a si
vaillant que Roland sous la chape du ciel. Et c'est un preux aussi
qu'Olivier, son compagnon. Et les douze pairs, que Charles aime
tant, forment son avant-garde avec vingt mille chevaliers. Charles
est en sûreté, il ne craint homme qui vive. »

XLII

LE Sarrasin dit : « Je m'émerveille grandement. Charlemagne
est chenu et blanc : à mon escient il a deux cents ans et plus ; par
tant de terres il a passé en les conquérant, il a pris tant de coups
de bonnes lances tranchantes, il a tué et vaincu en bataille tant de
riches rois : quand sera-t-il enfin recru de guerroyer ? – Jamais »,
dit Ganelon, « tant que Roland vivra. Il n'y a pas si vaillant d'ici
jusqu'en Orient. Il est très preux aussi, son compagnon Olivier. Et
les douze pairs, que Charles aime tant, forment son avant-garde
avec vingt mille Français. Charles est en sûreté ; il ne craint
homme vivant. »

XLIII

« BEAU sire Ganelon », dit le roi Marsile, « j'ai une armée, jamais vous ne verrez plus belle ; j'y puis avoir quatre cent mille chevaliers : puis-je combattre Charles et les Français ? » Ganelon répond : « Pas de sitôt ! Vous y perdriez de vos païens en masse. Laissez la folie ; tenez-vous à la sagesse ! Donnez à l'empereur tant de vos biens qu'il n'y ait Français qui ne s'en émerveille. Pour vingt otages que vous lui enverrez, vers douce France le roi repartira. Derrière lui il laissera son arrière-garde. Son neveu en sera, je crois, le comte Roland, et aussi Olivier, le preux et le courtois : ils sont morts, les deux comtes, si je trouve qui m'écoute. Charles verra son grand orgueil choir ; l'envie lui passera de jamais guerroyer contre vous. »

XLIV

« BEAU sire Ganelon, [...] comment pourrai-je faire périr Roland ? » Ganelon répond : « Je sais bien vous le dire. Le roi viendra aux meilleures ports de Cize : derrière lui il aura laissé son arrière-garde. Son neveu en sera, le puissant comte Roland, et Olivier, en qui tant il se fie, et en leur compagnie vingt mille Français. De vos païens envoyez-leur cent mille, et qu'ils leur livrent une première bataille. La gent de France y sera meurtrie et mise à mal, et il y aura aussi, je ne dis pas, grande tuerie des vôtres. Mais livrez-leur de même une seconde bataille : qu'il tombe dans l'une ou dans l'autre, Roland n'échappera pas. Alors vous aurez accompli une belle chevalerie, et de toute votre vie vous n'aurez plus la guerre.

XLV

« QUI pourrait faire que Roland y fût tué, Charles perdrait le bras droit de son corps. C'en serait fait des armées merveilleuses ; Charles n'assemblerait plus de si grandes levées : la Terre des Aïeux resterait en repos ! » Quand Marsile l'entend, il l'a baisé au cou ; puis... (?)

XLVI

MARSILE dit : « [...] Un accord ne vaut guère, si [...] Vous me jurerez de trahir Roland. » Ganelon répond : « Qu'il en soit comme il vous plaît ! » Sur les reliques de son épée Murgleis, il jura la trahison ; et voilà qu'il a forfait.

XLVII

IL y avait là un siège, tout d'ivoire. Marsile fait apporter un livre : la loi de Mahomet et de Tervagan y est écrite. Il jure, le Sarrasin d'Espagne, que, s'il trouve Roland à l'arrière-garde, il combattra avec toute sa gent, et, s'il peut, Roland mourra là. Ganelon répond : « Puisse votre volonté s'accomplir ! »

XLVIII

ALORS vint un païen, Valdabron. Il s'approche du roi Marsile. En riant clair il dit à Ganelon : « Prenez mon épée, nul n'en a de meilleure ; la garde, à elle seule, vaut plus de mille mangons. Par amitié, beau sire, je vous la donne, et vous nous aiderez en sorte que nous puissions trouver à l'arrière-garde le preux Roland. – Ce sera fait », répond le comte Ganelon. Puis ils se baisèrent au visage et au menton.

XLIX

APRÈS s'en vint un païen, Climorin. En riant clair il dit à Ganelon : « Prenez mon heaume, jamais je ne vis le meilleur [...], et aidez-nous contre le marquis Roland, en telle guise que nous puissions le honnir. – Ce sera fait », répondit Ganelon. Puis ils se baisèrent sur la bouche et au visage.

L

ALORS s'en vint la reine Bramimonde : « Je vous aime fort, sire », dit-elle au comte, « car mon seigneur vous prise très haut ; ainsi font tous ses hommes. A votre femme j'enverrai deux colliers : ils sont tout or, améthystes, hyacinthes ; ils valent plus que toutes les richesses de Rome ; votre empereur jamais n'en eut de si beaux. » Il les a pris, il les boute en son houseau.

LI

LE roi appelle Malduit, son trésorier : « Le trésor de Charles est-il apprêté ? – Oui, sire, pour le mieux : sept cents chameaux, d'or et d'argent chargés, et vingt otages, des plus nobles qui soient sous le ciel. »

LII

MARSILE a pris Ganelon par l'épaule. Il lui dit : « Vous êtes très preux et sage. Par cette loi que vous tenez pour la plus sainte, ne retirez plus de nous votre cœur ! Je veux vous donner de mes richesses en masse, dix mulets chargés de l'or le plus fin d'Arabie ; il ne passera pas d'année que je ne vous en fasse autant. Tenez, voici les clés de cette large cité ; ses grands trésors, présentez-les au roi Charles ; puis faites-moi mettre Roland à l'arrière-garde. Si je le puis trouver en quelque port ou passage, je lui livrerai une bataille à mort. » Ganelon répond : « Je m'attarde trop, je crois. » Il monte à cheval, entre en sa route.

LIII

L'EMPEREUR se rapproche des pays d'où il vint. Il est venu à la cité de Galne : le comte Roland l'avait prise et détruite ; de ce jour elle resta cent ans déserte. Le roi attend des nouvelles de Ganelon et le tribut d'Espagne, la grande terre. A l'aube, comme le jour se lève, Ganelon le comte arrive au camp.

LIV

L'EMPEREUR s'est tôt levé. Il a écouté messe et matines. Devant sa tente, il se tient debout sur l'herbe verte. Roland est là, et Olivier le preux, Naimes le duc, et beaucoup des autres. Arrive Ganelon, le félon, le parjure. Avec toute sa ruse il se met à parler : « Salut, de par Dieu ! » dit-il au roi. « Je vous apporte les clefs de Saragosse, les voici ; et voici un grand trésor que je vous amène, et vingt otages : faites-les mettre sous bonne garde. Et le roi Marsile, le vaillant, vous mande que, s'il ne vous livre pas l'Algalife, vous ne l'en devez pas blâmer, car de mes yeux j'ai vu quatre cent mille hommes en armes, revêtus du haubert, beaucoup portant lacé le heaume et ceints de leurs épées aux pommeaux d'or niellé, qui ont accompagné l'Algalife jusque sur la mer. Ils fuyaient Marsile à cause de la loi chrétienne, qu'ils ne voulaient pas recevoir et garder. Ils n'avaient pas cinglé à quatre lieues au large, quand la tempête et l'orage les saisirent : ils furent noyés, jamais vous n'en verrez un seul. Si l'Algalife était en vie, je vous l'eusse amené. Quant au roi païen, sire, tenez pour vrai que vous ne verrez point ce premier mois passer sans qu'il vous suive au royaume de France : il recevra la loi que vous gardez ; les mains jointes, il deviendra votre homme ; c'est de vous qu'il tiendra le royaume d'Espagne. » Le roi dit : « Que Dieu soit remercié ! Vous m'avez bien servi, vous en aurez grande récompense. » Par l'armée, on fait sonner mille clairons. Les Francs lèvent le camp, troussent les bêtes de somme. Vers douce France tous s'acheminent.

LV

CHARLEMAGNE a ravagé l'Espagne, pris les châteaux, violé les cités. Sa guerre, dit-il, est achevée. Vers douce France l'empereur chevauche. Le comte Roland attache à sa lance le gonfanon ; du haut d'un tertre, il l'élève vers le ciel : à ce signe, les Francs dressent leurs campements par toute la contrée. Or, par les larges vallées, les païens chevauchent, le haubert endossé, [...] le heaume lacé, l'épée ceinte, l'écu au col, la lance appareillée. Dans une forêt, au sommet des monts, ils ont fait halte. Ils sont quatre cent mille, qui attendent l'aube. Dieu ! quelle douleur que les Français ne le sachent pas !

LVI

LE jour s'en va, la nuit s'est faite noire. Charles dort, l'empereur puissant. Il eut un songe : il était aux plus grands ports de Cize ; entre ses poings il tenait sa lance de frêne. Ganelon le comte l'a saisie ; si rudement il la secoue que vers le ciel en volent des éclisses. Charles dort ; il ne s'éveille pas.

LVII

APRÈS cette vision, une autre lui vint. Il songea qu'il était en France, en sa chapelle, à Aix. Une bête très cruelle le mordait au bras droit. Devers l'Ardenne il vit venir un léopard, qui, très hardiment, s'attaque à son corps même. Du fond de la salle dévale un vautre ; il court vers Charles au galop et par bonds, tranche à la première bête l'oreille droite et furieusement combat le léopard. Les Français disent : « Voilà une grande bataille ! » Lequel des deux vaincra ? Ils ne savent. Charles dort, il ne s'est pas réveillé.

LVIII

LA nuit passe toute, l'aube se lève claire. Par les rangs de l'armée, [...] l'empereur chevauche fièrement. « Seigneurs barons », dit l'empereur Charles, « voyez les ports et les étroits passages : choisissez-moi qui fera l'arrière-garde. » Ganelon répond : « Ce sera Roland, mon fillâtre : vous n'avez baron d'aussi grande vaillance. » Le roi l'entend, le regarde durement. Puis il lui dit : « Vous êtes un démon. Au corps vous est entrée une mortelle frénésie. Et qui donc fera devant moi l'avant-garde ? » Ganelon répond : « Ogier de Danemark ; vous n'avez baron qui mieux que lui la fasse. »

LIX

LE comte Roland s'est entendu nommer. Alors il parla comme un chevalier doit faire : « Sire parâtre, j'ai bien lieu de vous chérir : vous m'avez élu pour l'arrière-garde. Charles, le roi qui tient la France, n'y perdra, je crois, palefroi ni destrier, mulet ni mule qu'il doive chevaucher, il n'y perdra cheval de selle ni cheval de charge qu'on ne l'ait d'abord disputé par l'épée. » Ganelon répond : « Vous dites vrai, je le sais bien. »

LX

QUAND Roland entend qu'il sera à l'arrière garde, il dit, irrité, à son parâtre : « Ah ! truand, méchant homme de vile souche, l'avais-tu donc cru, que je laisserais choir le gant par terre, comme toi le bâton, devant Charles ?

LXI

« DROIT empereur », dit Roland le baron, « donnez-moi l'arc que vous tenez au poing. Nul ne me reprochera, je crois, de l'avoir laissé choir, comme fit Ganelon du bâton qu'avait reçu sa main droite. » L'empereur tient la tête baissée. Il lisse sa barbe, tord sa moustache. Il pleure, il ne peut s'en tenir.

LXII

Alors vint Naimes : en la cour il n'y a pas meilleur vassal. Il dit au roi : « Vous l'avez entendu, le comte Roland est rempli de colère. Le voilà marqué pour l'arrière-garde : vous n'avez pas un baron qui puisse rien y changer. Donnez-lui l'arc que vous avez tendu, et trouvez-lui qui bien l'assiste ! » Le roi donne l'arc et Roland l'a reçu.

LXIII

L'EMPEREUR dit à son neveu Roland : « Beau sire neveu, vous le savez bien, c'est la moitié de mes armées que je vous offre et vous laisserai. Gardez avec vous ces troupes, c'est votre salut. » Le comte dit : « Je n'en ferai rien. Dieu me confonde, si je démens mon lignage ! Je garderai avec moi vingt mille Français bien vaillants. En toute assurance passez les ports. Vous auriez tort de craindre personne, moi vivant. »

LXIV

LE comte Roland est monté sur son destrier. Vers lui vient son compagnon, Olivier. Gerin vient et le preux comte Gerier, et Oton vient et Bérengier vient, et Astor vient, et Anseïs le fier, et Gérard de Roussillon le vieux, et le riche duc Gaifier est venu. L'archevêque dit : « Par mon chef, j'irai ! – Et moi avec vous », dit le comte Gautier ; « je suis homme de Roland, je ne dois pas lui faillir. » Ils choisissent entre eux vingt mille chevaliers.

LXV

LE comte Roland appelle Gautier de l'Hum : « Prenez mille Français de France, notre terre, et tenez les défilés et les hauteurs, afin que l'empereur ne perde pas un seul des hommes qui sont avec lui. » Gautier répond : « Pour vous je le dois bien faire. » Avec mille Français de France, qui est leur terre, Gautier sort des rangs et va par les défilés et les hauteurs. Pour les pires nouvelles il n'en redescendra pas avant que des épées sans nombre aient été dégainées. Ce jour-là même, le roi Almaris, du pays de Belferne, leur livra une bataille dure.

LXVI

HAUTS sont les monts et ténébreux les vaux, les roches bises, sinistres les défilés. Ce jour-là même, les Français les passent à grande douleur. De quinze lieues on entend leur marche. Quand ils parviennent à la terre des Aïeux et voient la Gascogne, domaine de leur seigneur, il leur souvient de leurs fiefs, et des filles de chez eux, et de leurs nobles femmes. Pas un qui n'en pleure de tendresse. Sur tous les autres Charles est plein d'angoisse : aux ports d'Espagne, il a laissé son neveu. Pitié lui en prend ; il pleure, il ne peut s'en tenir.

LXVII

LES douze pairs sont restés en Espagne ; en leur compagnie, vingt mille Français, tous sans peur et qui ne craignent pas la mort. L'empereur s'en retourne en France ; sous son manteau il cache son angoisse. Auprès de lui le duc Naimes chevauche, qui lui dit : « Qu'est-ce donc qui vous tourmente ? » Charles répond : « Qui le demande m'offense. Ma douleur est si grande que je ne puis la taire. Par Ganelon France sera détruite. Cette nuit une vision me vint, de par un ange : entre mes poings, Ganelon brisait ma lance, et voici qu'il a marqué mon neveu pour l'arrière-garde. Je l'ai laissé dans une marche étrangère. Dieu ! si je le perds, jamais je n'aurai qui le remplace. »

LXVIII

CHARLEMAGNE pleure, il ne peut s'en défendre. Cent mille Français s'attendrissent sur lui et tremblent pour Roland, remplis d'une étrange peur. Ganelon le félon l'a trahi : il a reçu du roi païen de grands dons, or et argent, ciclatons et draps de soie, mulets et chevaux, et chameaux et lions. Or Marsile a mandé par l'Espagne les barons, comtes, vicomtes et ducs et almaçours, les amirafles et les fils des comtors. Il en rassemble en trois jours quatre cent mille, et par Saragosse fait retentir ses tambours. On dresse sur la plus haute tour Mahomet, et chaque païen le prie et l'adore. Puis, à marches forcées, par la Terre Certaine, tous chevauchent, passent les vaux, passent les monts : enfin ils ont vu les gonfanons de ceux de France. L'arrière-garde des douze compagnons ne laissera pas d'accepter la bataille.

LXIX

LE neveu de Marsile, sur un mulet qu'il touche d'un bâton, s'est avancé. Il dit à son oncle, en riant bellement : « Beau sire roi, je vous ai si longuement servi ; j'ai reçu pour tout salaire des peines et des tourments ! Tant de batailles livrées et gagnées ! Donnez-moi un fief : le don de frapper contre Roland le premier coup ! Je le tuerai de mon épieu tranchant. Si Mahomet me veut prendre en sa garde, j'affranchirai toutes les contrées de l'Espagne, depuis les ports d'Espagne jusqu' à Durestant. Charles sera las, les Français se rendront ; vous n'aurez plus de guerre de toute votre vie. » Le roi Marsile lui en donne le gant.

LXX

LE neveu de Marsile tient le gant dans son poing. Il dit à son oncle une parole fière : « Beau sire roi, vous m'avez fait un grand don. Or, choisissez-moi douze de vos barons ; avec eux je combattrai les douze pairs. » Tout le premier, Falsaron répond, qui était frère du roi Marsile : « Beau sire neveu, nous irons, vous et moi ; certes, nous la livrerons, cette bataille, à l'arrière-garde de la grande ost de Charles. C'est jugé : nous les tuerons ! »

LXXI

VIENT d'autre part le roi Corsalis. Il est de Barbarie et sait les arts maléfiques. Il parle en vrai baron : pour tout l'or de Dieu il ne voudrait faire une couardise [...]. Vient au galop Malprimis de Brigant : à la course, il est plus vite qu'un cheval. Devant Marsile il s'écrie à voix très haute : « je mènerai mon corps à Roncevaux. Si j'y trouve Roland, je saurai le mater. »

LXXII

UN amurafle est là, de Balaguer. Son corps est très beau, sa face hardie et claire. Quand une fois il s'est mis en selle, il se fait fier sous l'armure. Pour le courage il a bonne renommée : vrai baron, s'il était chrétien. Devant Marsile, il s'est écrié : « A Roncevaux, j'irai jouer mon corps. Si j'y trouve Roland, il est mort, et morts Olivier et tous les douze pairs, et morts tous les Français, à grand deuil, à grand'honte. Charles le Grand est vieux, il radote ; il en aura assez de mener sa guerre ; l'Espagne nous restera, affranchie. » Le roi Marsile lui rend maintes grâces.

LXXIII

UN almaçour est là, de Moriane : il n'y a pas plus félon sur la terre d'Espagne. Devant Marsile il fait sa vanterie : « A Roncevaux je conduirai ma gent, vingt mille hommes, portant écus et lances. Si je trouve Roland, il est mort, je lui en jure ma foi : chaque jour Charles en dira sa plainte. »

LXXIV

D'AUTRE part, voici Turgis de Tortelose : il est comte et la cité de Tortelose est sienne. Aux chrétiens il souhaite male mort. Il se range devant Marsile près des autres et dit au roi : « Ne craignez rien ! Plus vaut Mahomet que saint Pierre de Rome : si vous le servez, l'honneur du champ nous restera. A Roncevaux j'irai joindre Roland : nul ne le garantira contre la mort. Voyez mon épée, qui est bonne et longue. Contre Durendal je veux l'essayer. Laquelle aura le dessus ? Vous l'entendrez bien dire. Les Français périront, si contre nous ils s'aventurent. Charles le Vieux en aura douleur et honte. Jamais plus sur terre il ne portera la couronne. »

LXXV

D'AUTRE part voici Escremiz de Valterne. Il est Sarrasin et Valterne est son fief. Devant Marsile il s'écrie dans la foule : « A Roncevaux j'irai, pour abattre l'orgueil. Si j'y trouve Roland, il n'en remportera pas sa tête, ni Olivier, celui qui commande les autres. Les douze pairs sont tous marqués pour périr. Les Français mourront, la France en sera vidée. Charles aura disette de bons vassaux. »

LXXVI

D'AUTRE part voici un païen, Esturgant ; avec lui Estramariz, un sien compagnon : tous deux félons, traîtres prouvés. Marsile dit : « Seigneurs, avancez ! A Roncevaux vous irez au passage des ports, et vous aiderez à conduire ma gent. » Et ils répondent : « A votre commandement ! Nous attaquerons Olivier et Roland ; contre la mort les douze pairs n'auront pas de garant. Nos épées sont bonnes et tranchantes : nous les ferons vermeilles de sang chaud. Les Français mourront, Charles en pleurera ; la Terre des Aïeux, nous vous la donnerons. Venez-y, roi ; en vérité, vous le verrez : nous vous donnerons l'empereur lui-même. »

LXXVII

TOUT courant vient Margariz de Séville. Celui-là tient la terre jusqu'aux Cazmarines. Pour sa beauté les dames lui sont amies : pas une qui, à le voir, ne s'épanouisse et ne lui rie. Nul païen n'est si bon chevalier. Il vient dans la foule et par-dessus les autres crie au roi : « N'ayez nulle crainte ! A Roncevaux j'irai tuer Roland ;

non plus que lui Olivier ne sauvera sa vie ; les douze pairs sont restés pour leur martyre. Voyez mon épée, dont la garde est d'or : c'est l'émir de Primes qui me l'envoya. En un sang vermeil, je vous le jure, elle plongera. Les Français mourront, France en sera honnie. Charles le Vieux, à la barbe fleurie, à chaque jour qu'il vivra, en aura deuil et courroux. Avant un an, nous aurons la France pour butin ; nous pourrons coucher au bourg de Saint-Denis. » Le roi païen s'incline devant lui profondément.

LXXVIII

D'AUTRE part voici Chernuble de Munigre. Sa chevelure qui flotte descend jusqu'à terre. Il peut en se jouant, quand l'humeur lui en prend, porter, et au delà, la charge de quatre mulets bâtés. Au pays dont il est, le soleil, dit-on (?), ne luit pas, le blé ne peut pas croître, la pluie ne tombe pas, la rosée ne se forme pas ; il n'y a pierre qui ne soit toute noire. Plusieurs disent que c'est la demeure des diables. Chernuble dit : « J'ai ceint ma bonne épée ; à Roncevaux, je la teindrai en rouge. Si je trouve Roland le preux sur ma voie sans que je l'assaille, jamais ne me croyez plus. Et de mon épée je conquerrai Durendal. Les Français mourront, France en sera déserte. » A ces mots les douze pairs s'assemblent. Avec eux ils emmènent cent mille Sarrasins, qui brûlent de combattre et se hâtent. Ils vont sous une sapinière pour s'armer.

LXXIX

LES païens s'arment de hauberts sarrasins, presque tous à triple épaisseur de mailles, lacent leurs très bons heaumes de Saragosse, ceignent des épées d'acier viennois. Ils ont de riches écus, des épieux de Valence et des gonfanons blancs et bleus et vermeils. Ils ont laissé mulets et palefrois, ils montent sur les destriers et chevauchent en rangs serrés. Clair est le jour et beau le soleil : pas une armure qui toute ne flamboie. Mille clairons sonnent, pour que ce soit plus beau. Le bruit est grand : les Français l'entendirent. Olivier dit : « Sire compagnon, il se peut, je crois, que nous ayons affaire aux Sarrasins. » Roland répond : « Ah ! que Dieu nous l'octroie ! Nous devons tenir ici, pour notre roi. Pour son seigneur on doit souffrir toute détresse, et endurer les grands chauds et les grands froids, et perdre du cuir et du poil. Que chacun veille à y employer de grands coups, afin qu'on ne chante pas de nous une mauvaise chanson ! Le tort est aux païens, aux chrétiens le droit. Jamais on ne dira rien de moi qui ne soit exemplaire. »

LXXX

OLIVIER est monté sur une hauteur [...]. Il regarde à droite par un val herbeux : il voit venir la gent des païens. Il appelle Roland, son compagnon : « Du côté de l'Espagne, je vois venir une telle rumeur, tant de haubderts qui brillent, tant de heaumes qui flamboient ! Ceux-là mettront nos Français en grande angoisse. Ganelon le savait, le félon, le traître, qui devant l'empereur nous désigna. – Tais-toi, Olivier », répond Roland ; « il est mon parâtre ; je ne veux pas que tu en sonnes mot ! »

LXXXI

OLIVIER est monté sur une hauteur. Il voit à plein le royaume d'Espagne et les Sarrasins, qui sont assemblés en si grande masse. Les heaumes aux gemmes serties d'or brillent, et les écus, et les haubterts safrés, et les épieux et les gonfanons fixés aux hampes. Il ne peut dénombrer même les corps de bataille : ils sont tant qu'il n'en sait pas le compte. Au dedans de lui-même il en est grandement troublé. Le plus vite qu'il peut, il dévale de la hauteur, vient aux Français, leur raconte tout.

LXXXII

OLIVIER dit : « J'ai vu les païens. Jamais homme sur terre n'en vit plus. Devant nous ils sont bien cent mille, l'écu au bras, le heaume lacé, le blanc haubert revêtu ; et leurs épieux bruns luisent, hampe dressée. Vous aurez une bataille, telle qu'il n'en fut jamais. Seigneurs Français, que Dieu vous donne sa force ! Tenez fermement, pour que nous ne soyons pas vaincus ! » Les Français disent : « Honni soit qui s'enfuit ! Jusqu'à la mort, pas un ne voudra vous faillir. »

LXXXIII

OLIVIER dit : « Les païens sont très forts ; et nos Français, ce me semble, sont bien peu. Roland, mon compagnon, sonnez donc votre cor : Charles l'entendra, et l'armée reviendra. » Roland répond : « Ce serait faire comme un fou. En douce France j'y perdrais mon renom. Sur l'heure je frapperai de Durendal, de grands coups. Sa lame saignera jusqu'à l'or de la garde. Les félons païens sont venus aux ports pour leur malheur. Je vous le jure, tous sont marqués pour la mort. »

LXXXIV

« ROLAND, mon compagnon, sonnez l'olifant ! Charles l'entendra, ramènera l'armée ; il nous secourra avec tous ses barons. » Roland répond : « Ne plaise à Dieu que pour moi mes parents soient blâmés et que douce France tombe dans le mépris ! Mais je frapperai de Durendal à force, ma bonne épée que j'ai ceinte au côté ! Vous en verrez la lame tout ensanglantée. Les félons païens se sont assemblés pour leur malheur. Je vous le jure, ils sont tous livrés à la mort. »

LXXXV

« ROLAND, mon compagnon, sonnez votre olifant ! Charles l'entendra, qui est au passage des ports. Je vous le jure, les Français reviendront. – Ne plaise à Dieu », lui répond Roland, « qu'il soit jamais dit par nul homme vivant que pour des païens j'aie sonné mon cor ! Jamais mes parents n'en auront le reproche. Quand je serai en la grande bataille, je frapperai mille coups et sept cents, et vous verrez l'acier de Durendal sanglant. Les Français sont hardis et frapperont vaillamment ; ceux d'Espagne n'échapperont pas à la mort. »

LXXXVI

OLIVIER dit : « Pourquoi vous blâmerait-on ? J'ai vu les Sarrasins d'Espagne : les vaux et les monts en sont couverts et les collines et toutes les plaines. Grandes sont les armées de cette engeance étrangère et bien petite notre troupe ! » Roland répond : « Mon ardeur s'en accroît. Ne plaise au Seigneur Dieu ni à ses anges qu'à cause de moi France perde son prix ! J'aime mieux mourir que choir dans la honte ! Mieux nous frappons, mieux l'empereur nous aime. »

LXXXVII

ROLAND est preux et Olivier sage. Tous deux sont de courage merveilleux. Une fois à cheval et en armes, jamais par peur de la mort ils n'esquiveront une bataille. Les deux comtes sont bons et leurs paroles hautes. Les païens félons chevauchent furieusement. Olivier dit : « Roland, voyez : ils sont en nombre. Ceux-ci sont près de nous, mais Charles est trop loin ! Votre olifant, vous n'avez pas daigné le sonner. Si le roi était là, nous ne serions pas en péril. Regardez en amont vers les ports d'Espagne ; vous pourrez voir une troupe digne de pitié : qui aura fait aujourd'hui l'arrière-garde ne la fera plus jamais. » Roland répond : « Ne parlez pas si follement ! Honni le cœur qui dans la poitrine s'accouardit ! Nous tiendrons fermement, sur place : C'est nous qui mènerons joutes et mêlées. »

LXXXVIII

QUAND Roland voit qu'il y aura bataille, il se fait plus fier que lion ou léopard. Il appelle les Français et Olivier : « Sire compagnon, ami, ne parlez plus ainsi ! L'empereur, qui nous laissa des Français, a trié ces vingt mille : il savait que pas un n'est un couard. Pour son seigneur on doit souffrir de grands maux et endurer les grands chauds et les grands froids, et on doit perdre du sang et de la chair. Frappe de ta lance, et moi de Durendal, ma bonne épée, que me donna le roi. Si je meurs, qui l'aura pourra dire : "Ce fut l'épée d'un noble vassal." »

LXXXIX

D'AUTRE part voici l'archevêque Turpin. Il éperonne et monte la pente d'un tertre. Il appelle les Français et les sermonne : « Seigneurs barons, Charles nous a laissés ici : pour notre roi nous devons bien mourir. Aidez à soutenir la chrétienté ! Vous aurez une bataille, vous en êtes bien sûrs, car de vos yeux vous voyez les Sarrasins. Battez votre coulpe, demandez à Dieu sa merci ; je vous absoudrai pour sauver vos âmes. Si vous mourez, vous serez de saints martyrs, vous aurez des sièges au plus haut paradis. » Les Français descendent de cheval, se prosternent contre terre, et l'archevêque, au nom de Dieu, les a bénis. Pour pénitence, il leur ordonne de frapper.

XC

LES Français se redressent et se mettent sur pieds. Ils sont bien absous, quittes de leurs péchés, et l'archevêque, au nom de Dieu, les a bénis. Puis ils sont remontés sur leurs destriers bien courants. Ils sont armés comme il convient à des chevaliers, et tous bien appareillés pour la bataille. Le comte Roland appelle Olivier : « Sire compagnon, vous disiez bien, Ganelon nous a tous trahis. Il en a pris pour son salaire de l'or, des richesses, des deniers. Puisse l'empereur nous venger ! Le roi Marsile nous a achetés par marché ; mais la marchandise, il ne l'aura que par l'épée ! »

XCI

Aux ports d'Espagne Roland passe sur Veillantif, son cheval bien courant. Il a revêtu ses armes, qui bien le parent. Et voici qu'il brandit sa lance, le vaillant. Vers le ciel il en tourne la pointe ; au fer est lacé un gonfanon tout blanc ; les franges [?] battent jusqu'à ses mains. Noble est son corps, son visage clair et riant. Après lui vient son compagnon, et ceux de France l'appellent leur garant. Il regarde menaçant vers les Sarrasins, puis, humble et doux, vers les Français, et leur dit ces mots, courtoisement : « Seigneurs barons, doucement, au pas ! Ces païens vont en quête de leur martyre. Avant ce soir nous aurons gagné un beau et riche butin : nul roi de France n'eut jamais le pareil. » Comme il parlait, les armées se joignirent.

XCII

OLIVIER dit : « Je n'ai pas le cœur aux paroles. Votre olifant, vous n'avez pas daigné le sonner, et Charles, vous ne l'avez pas. Il ne sait mot de ces choses, le preux, et la faute n'est pas sienne, et les vaillants que voici ne méritent, eux non plus, aucun blâme. Or donc, chevauchez contre ceux-là de tout votre courage ! Seigneurs barons, tenez fermement en bataille ! Je vous en prie pour Dieu, soyez résolus à bien frapper, coup rendu pour coup reçu ! Et n'oublions pas le cri d'armes de Charles. » A ces mots les Français poussent le cri d'armes. Qui les eût ouïs crier : « Montjoie ! » aurait le souvenir d'une belle vaillance. Puis ils chevauchent Dieu ! si fièrement, et, pour aller au plus vite, enfoncent les éperons, et s'en vont frapper, qu'ont-ils à faire d'autre ? et les Sarrasins les reçoivent sans trembler. Francs et païens, voilà qu'ils se sont joints.

XCIII

LE neveu de Marsile – il a nom Aelroth – tout le premier chevauche devant l'armée. Il va disant sur nos Français de laides paroles : « Félons Français, aujourd'hui vous jouterez contre les nôtres. Il vous a trahis, celui qui vous avait en sa garde. Bien fou le roi qui vous laissa aux ports ! En ce jour, douce France perdra sa louange, et Charles, le Magne, le bras droit de son corps. » Quand Roland l'entend, Dieu ! il en a une si grande douleur ! Il éperonne son cheval, le laisse courir à plein élan, va frapper Aelroth le plus fort qu'il peut. Il lui brise l'écu et lui déclôt le haubert, lui ouvre la poitrine, lui rompt les os, lui fend toute l'échine. De son épieu, il jette l'âme dehors. Il enfonce le fer fortement, ébranle le corps, à pleine hampe l'abat mort du cheval, et la nuque se brise en deux moitiés. Il ne laissera point, pourtant, de lui parler : « Non, fils de serf, Charles n'est pas fou, et jamais il n'aima trahir. Nous laisser aux ports, ce fut agir en preux. En ce jour douce France ne perdra point sa louange. Frappez, Français, le premier coup est nôtre. Le droit est devers nous, et sur ces félons le tort. »

XCIV

UN duc est là, qui a nom Falsaron. Celui-là était le frère du roi Marsile ; il tenait la terre de Dathan et d'Abiron. Sous le ciel il n'y a pire truand. Si large est son front qu'entre les deux yeux on peut mesurer un bon demi-pied. Il a grand deuil quand il voit son neveu mort. Il sort de la presse, s'offre à tout venant, pousse le cri d'armes des païens, lance aux Français une injure : « En ce jour, France douce perdra son honneur ! » Olivier l'entend, s'irrite. Il éperonne de ses éperons dorés, en vrai baron va le frapper. Il lui brise l'écu, lui déchire le haubert, lui enfonce au corps les pans de son gonfanon, à pleine hampe le soulève des arçons et l'abat mort.

Il regarde à terre, voit le traître qui gît. Alors il lui dit fièrement : « De vos menaces, fils de serf, je n'ai cure ! Frappez, Français, car nous les vaincrons très bien ! » Il crie : « Montjoie ! » – c'est l'enseigne de Charles.

XCV

UN roi est là, qui a nom Corsablix. Il est de Barbarie, une terre lointaine. Il crie aux autres Sarrasins : « Nous pouvons bien soutenir cette bataille : les Français sont si peu et nous avons droit de les mépriser : ce n'est pas Charles qui en sauvera un seul. Voici le jour où il leur faut mourir. » L'archevêque Turpin l'a bien entendu. Sous le ciel il n'est homme qu'il haïsse plus. Il pique de ses éperons d'or fin, et vigoureusement va le frapper. Il lui a brisé l'écu, défait le haubert, enfoncé au corps son grand épieu ; il appuie fortement, le secoue et l'ébranle ; à pleine hampe, il l'abat mort sur le chemin. Il regarde en arrière, voit le félon gisant. Il ne laissera pas de lui parler un peu : « Païen, fils de serf, vous en avez menti ! Charles, mon seigneur, peut toujours nous sauver ; nos Français n'ont pas le cœur à fuir ; vos compagnons, nous les ferons tous rétifs. Je vous dis une nouvelle : il vous faut endurer la mort. Frappez, Français ! Que pas un ne s'oublie ! Ce premier coup est nôtre, Dieu merci ! » Il crie : « Montjoie ! » pour rester maître du champ.

XCVI

ET Gerin frappe Malprimis de Brigal. Le bon écu du païen ne lui vaut pas un denier. Gerin en brise la boucle de cristal ; la moitié tombe par terre ; il lui rompt le haubert jusqu'à la chair, lui enfonce son bon épieu au corps. Le païen choit comme une masse. Son âme, Satan l'emporte.

XCVII

ET son compagnon Gerier frappe l'amirafle. Il lui brise l'écu, lui démaille le haubert, lui plonge aux entrailles son bon épieu ; il appuie fortement, lui passe le fer à travers le corps, et à pleine hampe l'abat mort dans le champ. Olivier dit : « Notre bataille est belle ! »

XCVIII

LE duc Samson va frapper l'almaçour. Il brise son écu, qui est paré d'or et de fleurons. Son bon haubert ne le garantit guère. Il lui perce le cœur, le foie et le poumon, et, le pleure qui veut ! l'abat mort. L'archevêque dit : « Ce coup est d'un vaillant ! »

XCIX

ET Anseïs laisse aller son cheval, et va frapper Turgis de Tortelose. Il lui brise son écu sous la boucle dorée, déchire de part en part son haubert double, lui met au corps le fer de son bon épieu. Il enfonce, la pointe ressort par le dos ; à pleine hampe il le renverse mort dans le champ. Roland dit : « Ce coup est d'un preux ! »

C

ET Englier le Gascon de Bordeaux éperonne son cheval, lâche la rêne et va frapper Escremiz de Valterne. Il brise l'écu qu'il porte au cou, en disjoint les chanteaux, rompt la ventaille du haubert et atteint la poitrine, sous la gorge ; à pleine hampe il l'abat mort de sa selle. Puis il lui dit : « Vous voilà donc en perdition ! »

CI

ET Oton frappe un païen, Estorgans, sur le bord supérieur de son écu, en telle guise qu'il déchire les quartiers de vermeil et de blanc ; il a rompu les pans de son haubert, il lui met au corps son épieu qui bien tranche et l'abat mort de son cheval rapide. Puis il lui dit : « Cherchez qui vous sauve ! »

CII

ET Bérengier frappe Astramariz. Il lui brise l'écu, lui défait le haubert, à travers le corps lui plonge son fort épieu ; entre mille Sarrasins il l'abat mort. Des douze pairs en voilà dix de tués ; il n'en reste que deux vivants : c'est Chernuble et c'est le comte Margariz.

CIII

MARGARIZ est chevalier très vaillant, et beau, et fort, et agile, et léger. Il éperonne, va frapper Olivier. Il lui brise son écu sous la boucle d'or pur. Au long des côtes il a conduit son épieu. Dieu garde Olivier : son corps n'a pas été touché. La hampe se brise, il n'est pas renversé. Margariz passe outre, sans encombre ; il sonne sa trompe pour rallier les siens.

CIV

LA bataille est merveilleuse ; elle tourne à la mêlée. Le comte Roland ne se ménage pas. Il frappe de son épieu tant que dure la hampe ; après quinze coups il l'a brisée et détruite. Il tire Durendal, sa bonne épée, toute nue. Il éperonne, et va frapper Chernuble. Il lui brise le heaume où luisent des escarboucles, tranche la coiffe (?) avec le cuir du crâne, tranche la face entre les yeux, et le haubert blanc aux mailles menues et tout le corps jusqu'à l'enfourchure. A travers la selle, qui est incrustée d'or, l'épée atteint le cheval et s'enfonce. Il lui tranche l'échine sans chercher le joint, il abat le tout mort dans le pré, sur l'herbe drue. Puis il dit : « Fils de serf, vous vous mîtes en route à la malheure ! Mahomet ne vous donnera pas son aide. Un truand tel que vous ne gagnera point de sitôt une bataille ! »

CV

LE comte Roland chevauche par le champ. Il tient Durendal, qui bien tranche et bien taille. Des Sarrasins il fait grand carnage. Si vous eussiez vu comme il jette le mort sur le mort, et le sang clair s'étaler par flaques ! Il en a son haubert ensanglanté, et ses deux bras et son bon cheval, de l'encolure jusqu'aux épaules. Et Olivier n'est pas en reste, ni les douze pairs, ni les Français, qui frappent et redoublent. Les païens meurent, d'autres défaillent.

L'archevêque dit : « Béni soit notre baronnage ! Montjoie ! » crie-t-il, c'est le cri d'armes de Charles.

CVI

ET Olivier chevauche à travers la mêlée. Sa hampe s'est brisée, il n'en a plus qu'un tronçon. Il va frapper un païen, Malon. Il lui brise son écu, couvert d'or et de fleurons, hors de la tête fait sauter ses deux yeux, et la cervelle coule jusqu'à ses pieds. Parmi les autres qui gisent sans nombre, il l'abat mort. Puis il a tué Turgis et Esturgoz. Mais la hampe se brise et se fend jusqu'à ses poings. Roland lui dit : « Compagnon, que faites-vous ? En une telle bataille, je n'ai cure d'un bâton. Il n'y a que le fer qui vaille, et l'acier. Où donc est votre épée, qui a nom Hauteclaire ? La garde en est d'or, le pommeau de cristal, – Je n'ai pu la tirer », lui répond Olivier, « j'avais tant de besogne ! »

CVII

MON seigneur Olivier a tiré sa bonne épée, celle qu'a tant réclamée son compagnon Roland, et il lui montre, en vrai chevalier, comme il s'en sert. Il frappe un païen, Justin de Val Ferrée. Il lui fend par le milieu toute la tête et tranche le corps et la brogne safrée, et la bonne selle, dont les gemmes sont serties d'or, et à son cheval il a fendu l'échine. Il abat le tout devant lui sur le pré. Roland dit : « Je vous reconnais, frère ! Si l'empereur nous aime, c'est pour de tels coups ! » De toutes parts « Montjoie ! » retentit.

CVIII

LE comte Gerin monte le cheval Sorel, et son compagnon Gerier, Passecerf. Ils lâchent les rênes, donnent tous deux de l'éperon et vont frapper un païen, Timozel, l'un sur l'écu, l'autre sur le haubert. Les deux épieux se brisent dans le corps. Ils le jettent mort à la renverse dans un guéret. Lequel des deux fut le plus vite ? Je ne l'ai pas ouï dire et je ne sais [...]. Et l'archevêque leur a tué Siglorel, l'enchanteur, celui qui déjà était descendu en enfer : par sortilège, Jupiter l'y avait conduit. Turpin dit : « Celui-là avait mal mérité de nous ! » Roland répond : « Il est vaincu, le fils de serf. Olivier, frère, voilà les coups que j'aime ! »

CIX

LA bataille s'est faite plus acharnée. Francs et païens frappent des coups merveilleux. L'un attaque, l'autre se défend. Tant de hampes brisées et sanglantes ! Tant de gonfanons arrachés et tant d'enseignes ! Tant de bons Français qui perdent leur jeune vie ! Ils ne verront plus leurs mères ni leurs femmes, ni ceux de France qui aux ports les attendent. Charles le Grand en pleure et se lamente ; mais de quoi sert sa plainte ? Ils n'auront pas son secours. Ganelon l'a servi malement, au jour où il s'en fut à Saragosse vendre ses fidèles ; pour l'avoir fait, il perdit la vie et les membres par jugement à Aix, où il fut condamné à être pendu ; avec lui trente de ses parents, qui n'attendaient pas cette mort.

CX

LA bataille est merveilleuse et pesante. Roland y frappe bien, et Olivier ; et l'archevêque y rend plus de mille coups et les douze pairs ne sont pas en reste, ni les Français, qui frappent tous ensemble. Par centaines et par milliers, les païens meurent. Qui ne s'enfuit ne trouve nul refuge ; bon gré mal gré, il y laisse sa vie. Les Français y perdent leurs meilleurs soutiens. Ils ne reverront plus leurs pères ni leurs parents, ni Charlemagne qui les attend aux ports. En France s'élève une tourmente étrange, un orage chargé de tonnerre et de vent, de pluie et de grêle, démesurément. La foudre tombe à coups serrés et pressés, la terre tremble. De Saint-Michel-du-Péril jusqu'aux Saints, de Besançon jusqu'au port de Wissant, il n'y a maison dont un mur ne crève. En plein midi, il y a de grandes ténèbres ; aucune clarté, sauf quand le ciel se fend. Nul ne le voit qui ne s'épouvante. Plusieurs disent : « C'est la consommation des temps, la fin du monde que voilà venue. » Ils ne savent pas, ils ne disent pas vrai : c'est la grande douleur pour la mort de Roland.

CXI

LES Français ont frappé de plein cœur, fortement. Les païens sont morts en foule, par milliers. Sur les cent mille, il ne s'en est pas sauvé deux. L'archevêque dit : « Nos hommes sont très preux ; sous le ciel nul n'en a de meilleurs. Il est écrit aux Annales des Frances que [...]. » Ils vont par le champ et recherchent les leurs ; ils pleurent de deuil et de pitié sur leurs parents, du fond du cœur, en leur amour. Vient contre eux, avec sa grande armée, le roi Marsile.

CXII

MARSILE vient le long d'une vallée, avec la grande armée qu'il amassa. Il a formé et compté vingt corps de bataille. Les heaumes aux pierreries serties dans l'or brillent, et les écus, et les brognes safrées. Sept mille clairons sonnent la charge, grand est le bruit par toute la contrée. Roland dit : « Olivier, compagnon, frère, Ganelon le félon a juré notre mort. La trahison ne peut rester cachée ; l'empereur en prendra forte vengeance. Nous aurons une bataille âpre et dure ; jamais homme n'aura vu pareille rencontre. J'y frapperai de Durendal, mon épée, et vous, compagnon, vous frapperez de Hauteclaire. Par tant de terres nous les avons portées ! Nous avons gagné par elles tant de batailles ! Il ne faut pas que l'on chante d'elles une mauvaise chanson. »

CXIII

MARSILE Voit le martyre des siens. Il fait sonner ses cors et ses buccines, puis chevauche avec le ban de sa grande armée. En avant, chevauche un Sarrasin, Abisme : il n'y a plus félon dans sa troupe. Il est plein de vices et de grands crimes, il ne croit pas en Dieu, le fils de sainte Marie. Il est aussi noir que poix fondue ; mieux que tout l'or de Galice, il aime le meurtre et la traîtrise. Jamais nul ne le vit jouer ni rire. Mais il est vaillant et très téméraire, et c'est pourquoi il est cher au félon roi Marsile. Il porte son dragon, auquel se rallie la gent sarrasine. L'archevêque ne saurait guère l'aimer ; dès qu'il le voit, il désire le frapper. Tout bas il se dit à lui-même : « Ce Sarrasin me semble fort hérétique. Le mieux de beaucoup est que j'aille l'occire : jamais je n'aimai couard ni couardise. »

CXIV

L'ARCHEVÊQUE commence la bataille. Il monte le cheval qu'il prit à Grossaille, un roi qu'il avait tué en Danemark. Le destrier est bien allant, rapide ; il a les fers dégagés, les jambes plates, la cuisse courte et la croupe large, les flancs allongés et l'échine bien haute, la queue blanche et le toupet jaune, les oreilles petites, la tête toute fauve ; il n'est nulle bête qui l'égale à la course. L'archevêque éperonne, avec quelle vaillance ! Il attaque Abisme, rien ne l'en détournera. Il va le frapper sur son écu [...], que des pierreries chargent, améthystes et topazes [...], escarboucles qui flambent : au Val Métas un démon l'avait donné à l'émir Galafe, et l'émir à Abisme. Turpin frappe, il ne le ménage pas ; après qu'il a frappé, l'écu, je crois, ne vaut plus un denier. Il transperce le Sarrasin d'un flanc à l'autre et l'abat mort sur la terre nue. Les Français disent : « Voilà une belle vaillance ! Aux mains de l'archevêque la crosse ne sera pas honnie ! »

CXV

LES Français voient que les païens sont tant : les champs en sont couverts de toutes parts. Souvent ils appellent Olivier et Roland et les douze pairs, pour qu'ils les défendent. Et l'archevêque leur dit sa pensée : « Seigneurs barons, ne songez à rien qui soit mal. Je vous en prie par Dieu, ne fuyez pas, afin que nul vaillant ne chante de vous une mauvaise chanson. Bien mieux vaut que nous mourions en combattant. Bientôt, nous en avons la promesse, nous viendrons à notre fin ; nous ne vivrons pas au-delà de ce jour ; mais il est une chose dont je vous suis garant : le saint paradis vous est grand ouvert, vous y serez assis près des Innocents. » A ces paroles les Francs sont remplis de tant de réconfort qu'il n'en est pas un qui ne crie « Montjoie ! ».

CXVI

UN Sarrasin était là, de Saragosse, – une moitié de la cité est à lui, – Climborin, qui point n'est prud'homme. C'est lui qui, ayant reçu le serment du comte Ganelon, par amitié l'avait baisé sur la bouche et lui avait donné son heaume et son escarboucle. Il honnira, dit-il, la Terre des Aïeux ; à l'empereur il enlèvera sa couronne. Il monte le cheval qu'il appelle Barbamousche, lequel est plus rapide qu'épervier ou hirondelle. Il l'éperonne bien, lui abandonne le frein et va frapper Engelier de Gascogne. Ni l'écu ni la brogne ne le peuvent garantir. Le païen lui plonge au corps la pointe de son épieu ; il appuie, tout le fer traverse d'outre en outre ; à pleine hampe, dans le champ, il l'abat à la renverse, puis s'écrie : « Cette engeance est bonne à détruire ! Frappez, païens, pour rompre la presse ! » Les Français disent : « Dieu ! quel preux nous perdons ! »

CXVII

LE comte Roland appelle Olivier : « Seigneur compagnon, voilà Engelier mort, nous n'avions pas un chevalier plus vaillant. » Le comte répond : « Que Dieu me donne de le venger ! » Il broche son cheval de ses éperons d'or pur. Il dresse Hauteclaire, l'acier en est sanglant ; de toute sa force il va frapper le païen. Il secoue la lame dans la plaie et le Sarrasin choit ; les démons emportent son âme. Puis il tue le duc Alphaïen, tranche à Escababi la tête et désarçonne sept Arabes : ceux-là désormais ne vaudront plus guère en bataille. Roland dit : « Mon compagnon se fâche ! Auprès de moi il vaut bien son prix. Pour de tels coups Charles nous chérit mieux. » Très haut, il crie : « Frappez, chevaliers ! »

CXVIII

D'AUTRE part voici un païen, Valdabron : il avait armé chevalier [?] le roi Marsile. Il est seigneur sur mer de quatre cents dromonts ; pas un marinier qui ne se réclame de lui. Il avait pris Jérusalem par traîtrise, et violé le temple de Salomon, et devant les fonts tué le patriarche. C'est lui qui, ayant reçu le serment du comte Ganelon, lui avait donné son épée et mille mangons. Il monte le cheval qu'il appelle Gramimond : un faucon est moins rapide. Il l'éperonne bien des éperons aigus et va frapper Samson, le riche duc. Il lui brise l'écu, lui rompt le haubert, lui met au corps les pans de son enseigne, à pleine hampe le désarçonne et l'abat mort : « Frappez, païens, car nous le vaincrons très bien ! » Les Français disent : « Dieu ! quel deuil d'un tel baron ! »

CXIX

LE comte Roland, quand il voit Samson mort, sachez qu'il en eut une très grande douleur. Il pique son cheval, court sus au païen à toute force. Il tient Durendal, qui vaut mieux que l'or pur. Il va, le preux, et le frappe tant qu'il peut sur son heaume dont les pierreries sont serties d'or. Il fend la tête, et la brogne, et le tronc, et la bonne selle gemmée, et au cheval il fend l'échine profondément ; et, le blâme, le loue qui voudra ! les tue tous deux. Les païens disent : « Ce coup nous est cruel ! » Roland répond : « Je ne puis aimer les vôtres. L'orgueil est devers vous et le tort. »

CXX

UN Africain est là, venu d'Afrique : c'est Malquiant, le fils du roi Malcud. Ses armes sont tout incrustées d'or ; au soleil sur tous les autres il resplendit. Il monte le cheval qu'il appelle Saut-Perdu : il n'y a bête qui puisse l'égaler à la course. Il va frapper sur l'écu Anseïs : il en tranche les quartiers de vermeil et d'azur. Il lui a rompu les pans de son haubert, il lui enfonce au corps l'épieu, fer et bois. Le comte est mort, son temps est fini. Les Français disent : « Baron, c'est grand'pitié de toi ! »

CXXI

PAR le champ va Turpin, l'archevêque. Jamais tel tonsuré ne chanta la messe, qui de sa personne ait fait autant d'exploits. Il dit au païen : « Que Dieu t'envoie tous les maux ! Tu en as tué un que mon cœur regrette. » Il lance en avant son bon cheval et frappe le païen sur son écu de Tolède d'un tel coup qu'il l'abat mort sur l'herbe verte.

CXXII

D'AUTRE part est un païen, Grandoine, fils de Capuel, le roi de Cappadoce. Il monte le cheval qu'il appelle Marmoire, lequel est plus rapide que nul oiseau qui vole. Il lâche la rêne, pique des éperons et va frapper Gerin de toute sa force. Il brise son écu vermeil, le lui fait choir du cou. Après, il lui déclôt sa brogne, lui plonge toute au corps son enseigne bleue et l'abat mort sur une haute roche. Il tue encore Gerier son compagnon, et Bérengier, et Gui de Saint-Antoine, puis va frapper un riche duc, Austorge, qui tenait en sa seigneurie Valeri [?] et Envers [?] sur le Rhône. Il l'abat mort ; les païens se réjouissent. Les Français disent : « Quel déclin des nôtres ! »

CXXIII

LE comte Roland tient son épée sanglante. Il a bien entendu que les Français se découragent. Il en a si grand deuil qu'il croit que son cœur va se fendre. Il dit au païen : « Que Dieu t'octroie tous les maux ! Tu en as tué un que je compte te vendre très cher ! » Il éperonne son cheval [...]. Lequel vaincra ? Les voilà aux prises.

CXXIV

GRANDOINE était preux et vaillant, puissant et hardi au combat. Au travers de sa voie, il a rencontré Roland. Jamais il ne l'a vu : il le reconnaît pourtant, à son fier visage, à son beau corps, à son regard, à son allure ; il a peur, il ne peut s'en défendre. Il veut fuir, mais vainement. Le comte le frappe d'un coup si merveilleux qu'il lui fend tout le heaume jusqu'au nasal, lui tranche le nez et la bouche et les dents, et tout le tronc, et le haubert aux bonnes mailles, et le pommeau et le troussequin d'argent de sa selle dorée, et profondément le dos de son cheval. Point de remède : il les a tués tous deux, et ceux d'Espagne gémissent tous. Les Français disent : « Notre garant frappe bien ! »

CXXV

LA bataille est merveilleuse ; elle se fait plus précipitée. Les Français y frappent avec vigueur et rage. Ils tranchent les poings, les flancs, les échines, transpercent les vêtements jusqu'aux chairs vives, et le sang coule en filets clairs sur l'herbe verte. « Terre des Aïeux, Mahomet te maudisse ! Sur tous les peuples ton peuple est hardi ! » Pas un Sarrasin qui ne crie : « Marsile ! Chevauche, roi ! Nous avons besoin d'aide ! »

CXXVI

LA bataille est merveilleuse et grande. Les Français y frappent des épieux brunis. Si vous eussiez vu tant de souffrance, tant d'hommes morts, blessés, ensanglantés ! Ils gisent l'un sur l'autre, face au ciel, face contre terre. Les Sarrasins ne peuvent l'endurer davantage : bon gré mal gré ils vident le champ. Et les Francs, de vive force, leur ont donné la chasse.

CXXVII

LE comte Roland appelle Olivier : « Seigneur compagnon, avouez-le, l'archevêque est très bon chevalier ; il n'y a meilleur sous le ciel ; il sait bien frapper de la lance et de l'épieu. » Le comte répond : « Donc, allons lui aider ! » A ces mots les Francs ont recommencé. Durs sont les coups, lourde est la mêlée. Les chrétiens sont en grande détresse. Il eût fait beau voir Roland et Olivier frapper, tailler de l'épée ! L'archevêque frappe de son épieu. De ceux qu'ils ont tués, on peut estimer le nombre ; il est écrit, dit la Geste, dans les chartes et les brefs : ils en tuèrent plus de quatre milliers. Aux quatre premiers assauts, ils ont bien tenu coup ; le cinquième leur pesa lourdement. Ils sont tous tués, les chevaliers français, hormis soixante que Dieu a épargnés. Avant qu'ils meurent, ils se vendront très cher.

CXXVIII

LE comte Roland voit le grand massacre des siens. Il appelle Olivier, son compagnon : « Beau seigneur, cher compagnon, par Dieu ! que vous en semble ? Voyez tant de vaillants qui gisent là contre terre ! Nous avons bien sujet de plaindre douce France, la belle ! Vidée de tels barons, comme elle reste déserte ! Ah ! roi, ami, que n'êtes-vous ici ? Olivier, frère, comment pourrons-nous faire ? Comment lui mandrons-nous des nouvelles ? » Olivier dit : « Comment ? Je ne sais pas. On en pourrait parler à notre honte, et j'aime mieux mourir ! »

CXXIX

ROLAND dit : « Je sonnerai l'olifant. Charles l'entendra, qui passe les ports. Je vous le jure, les Francs reviendront. » Olivier dit : « Ce serait pour tous vos parents un grand déshonneur et un opprobre et cette honte serait sur eux toute leur vie ! Quand je vous demandais de le faire, vous n'en fîtes rien. Faites-le maintenant : ce ne sera plus par mon conseil. Sonner votre cor, ce ne serait pas d'un vaillant ! Mais comme vos deux bras sont sanglants ! » Le comte répond : « J'ai frappé de beaux coups. »

CXXX

ROLAND dit : « Notre bataille est dure ! Je sonnerai mon cor, le roi Charles l'entendra. » Olivier dit : « Ce ne serait pas d'un preux ! Quand je vous disais de le faire, compagnon, vous n'avez pas daigné. Si le roi avait été avec nous, nous n'eussions rien souffert. Ceux qui gisent là ne méritent aucun blâme. Par cette mienne barbe, si je puis revoir ma gente sœur Aude, vous ne coucherez jamais entre ses bras ! »

CXXXI

ROLAND dit : « Pourquoi, contre moi, de la colère ? » Et Olivier répond : « Compagnon, c'est votre faute, car vaillance sensée et folie sont deux choses, et mesure vaut mieux qu'outrecuidance. Si les Français sont morts, c'est par votre légèreté. Jamais plus nous ne ferons le service de Charles. Si vous m'aviez cru, mon seigneur serait revenu ; cette bataille nous l'aurions gagnée ; le roi Marsile eût été tué ou pris. Votre prouesse, Roland, c'est la malheure que nous l'avons vue. Charles le Grand — jamais il n'y aura un tel homme jusqu'au dernier jugement ! — ne recevra plus notre aide. Vous allez mourir et France en sera honnie. Aujourd'hui prend fin notre loyal compagnonnage : avant ce soir nous nous séparerons, et ce sera dur. »

CXXXII

L'ARCHEVÊQUE les entend qui se querellent. Il éperonne de ses éperons d'or pur, vient jusqu'à eux, et les reprend tous deux :

« Sire Roland, et vous, sire Olivier, je vous en prie de par Dieu, ne vous querellez point ! Sonner du cor ne nous sauverait plus. Et pourtant, sonnez, ce sera bien mieux. Vienne le roi, il pourra nous venger : il ne faut pas que ceux d'Espagne s'en retournent joyeux. Nos Français descendront ici de cheval ; ils nous trouveront tués et démembrés ; ils nous mettront en bière, nous emporteront sur des bêtes de somme et nous pleureront, pleins de douleur et de pitié. Ils nous enterreront en des aîtres d'églises ; nous ne serons pas mangés par les loups, les porcs et les chiens. » Roland répond : Seigneur, vous avez bien dit. »

CXXXIII

ROLAND a mis l'olifant à ses lèvres. Il l'embouche bien, sonne à pleine force. Hauts sont les monts, et longue la voix du cor ; à trente grandes lieues on l'entend qui se prolonge. Charles l'entend et l'entendent tous ses corps de troupe. Le roi dit : « Nos hommes livrent bataille ! » Et Ganelon lui répond à l'encontre : « Qu'un autre l'eût dit, certes on y verrait un grand mensonge. »

CXXXIV

LE comte Roland, à grand effort, à grand ahan, très douloureusement, sonne son olifant. Par sa bouche le sang jaillit clair. Sa tempe se rompt. La voix de son cor se répand au loin. Charles l'entend, au passage des ports. Le duc Naimes écoute, les Francs écoutent. Le roi dit : « C'est le cor de Roland ! Il n'en sonnerait pas s'il ne livrait une bataille. » Ganelon répond : « Il n'y a pas de bataille ! Vous êtes vieux, votre chef est blanc et fleuri ; par de telles paroles vous semblez un enfant. Vous connaissez bien le grand orgueil de Roland : c'est merveille que

Dieu si longtemps l'endure. N'a-t-il pas été jusqu'à prendre Noples sans votre ordre ? Les Sarrasins firent une sortie et combattirent le bon vassal Roland ; pour effacer les traces [?], il inonda les prés ensanglantés. Pour un seul lièvre, il va tout un jour sonnant du cor. Aujourd'hui, c'est quelque jeu qu'il fait devant ses pairs. Qui donc sous le ciel oserait lui offrir la bataille ? Chevauchez donc ! Pourquoi vous arrêter ? La Terre des Aïeux est encore loin là-bas devant nous. »

CXXXV

LE comte Roland a la bouche sanglante. Sa tempe s'est rompue. Il sonne l'olifant douloureusement, avec angoisse. Charles l'entend, et ses Français l'entendent. Le roi dit : « Ce cor a longue haleine ! » Le duc Naimes répond : « C'est qu'un vaillant y prend peine. Il livre bataille, j'en suis sûr. Celui-là même l'a trahi qui maintenant vous demande de faillir à votre tâche. Armez-vous, criez votre cri d'armes et secourez votre belle mesnie. Vous l'entendez assez : c'est Roland qui désespère. »

CXXXVI

L'EMPEREUR a fait sonner ses cors. Les Français mettent pied à terre et s'arment de hauberts, de heaumes et d'épées parées d'or. Ils ont des écus bien ouvrés, et des épieux forts et grands, et des gonfanons blancs, vermeils et bleus. Tous les barons de l'armée montent sur les destriers. Ils donnent de l'éperon tant que durent les défilés. Pas un qui ne dise à l'autre : « Si nous revoyions Roland encore vivant, avec lui nous frapperions de grands coups ! » A quoi bon les paroles ? Ils ont trop tardé.

CXXXVII

LE jour avance, la vêprée brille. Contre le soleil resplendissent les armures. Hauberts et heaumes flamboient, et les écus où sont peintes des fleurs, et les épieux et les gonfanons dorés. L'empereur chevauche plein de colère, et les Français marris et courroucés. Pas un qui ne pleure douloureusement ; pour Roland, tous sont transis d'angoisse. Le roi a fait saisir le comte Ganelon. Il l'a remis aux cuisiniers de sa maison. Il appelle Besgon, leur chef : « Garde-le-moi bien, comme on doit faire d'un félon pareil : il a livré ma mesnie par traîtrise. » Besgon le reçoit en sa garde, et met après lui cent garçons de la cuisine, des meilleurs et des pires. Ils lui arrachent les poils de la barbe et des moustaches, le frappent chacun par quatre fois du poing, le battent à coups de triques et de bâtons et lui mettent au cou une chaîne comme à un ours. Honteusement ils le hissent sur une bête de somme. Ainsi le gardent-ils jusqu'au jour de le rendre à Charles.

CXXXVIII

HAUTS sont les monts, et ténébreux et grands les vaux profonds, les eaux violentes. A l'arrière, à l'avant, les clairons sonnent et tous ensemble répondent à l'olifant. L'empereur chevauche irrité, et les Français courroucés et marris. Pas un qui ne pleure et ne se lamente. Ils prient Dieu qu'il préserve Roland jusqu'à ce qu'ils parviennent au champ de bataille, tous ensemble : alors, tous avec lui, ils frapperont. A quoi bon les prières ? Elles ne leur servent de rien. Ils tardent trop, ils ne peuvent arriver à temps.

CXXXIX

PLEIN de courroux, le roi Charles chevauche. Sur sa brogne s'étale sa barbe blanche. Tous les barons de France donnent fortement de l'éperon. Pas un qui ne se lamente de n'être pas avec Roland le capitaine, quand il combat les Sarrasins d'Espagne. Il est dans une telle détresse qu'il n'y survivra pas, je crois. Dieu ! quels barons, les soixante qui restent en sa compagnie ! Jamais roi ni capitaine n'en eut de meilleurs.

CXL

ROLAND regarde par les monts, par les collines. De ceux de France, il en voit tant qui gisent morts, et il les pleure en gentil chevalier : « Seigneurs barons, que Dieu vous fasse merci ! Qu'il octroie à toutes vos âmes le paradis ! Qu'il les couche parmi les saintes fleurs ! Jamais je ne vis vassaux meilleurs que vous. Vous avez si longuement, sans répit, fait mon service, conquis pour Charles de si grands pays ! L'empereur vous a nourris pour son malheur. Terre de France, vous êtes un doux pays ; en ce jour le pire fléau (?) vous a désolée ! Barons français, je vous vois mourir pour moi, et je ne puis vous défendre ni vous sauver : que Dieu vous aide, qui jamais ne mentit ! Olivier, frère, je ne dois pas vous faillir. Je mourrai de douleur, si rien d'autre ne me tue. Sire compagnon, remettons-nous à frapper ! »

CXLI

LE comte Roland est retourné à la bataille. Il tient Durendal : il frappe en vaillant. Il a taillé en pièces Faldrun de Pui et vingt quatre autres, des mieux prisés. Jamais homme ne désirera tant se venger. Comme le cerf devant les chiens, ainsi devant Roland les païens fuient. L'archevêque dit : « Voilà qui est bien ! Ainsi doit se montrer un chevalier qui porte de bonnes armes et monte un bon cheval ; il doit en bataille être fort et fier, ou autrement il ne vaut pas quatre deniers : qu'il se fasse plutôt moine dans un moutier et qu'il y prie chaque jour pour nos péchés ! » Roland répond : « Frappez, ne les épargnez pas ! » A ces mots les Francs recommencent. Les chrétiens y souffrirent grandement.

CXLII

QUAND on sait qu'il ne sera pas fait prisonniers, on se défend fortement dans une telle bataille. C'est pourquoi les Francs se font hardis comme des lions. Voici que vient contre eux, en vrai baron, Marsile. Il monte le cheval qu'il appelle Gaignon. Il l'éperonne bien et va frapper Bevon : celui-là était sire de Dijon et de Beaune ; il brise son écu, rompt son haubert et, sans redoubler le coup, l'abat mort. Puis il tue Ivod et Ivoire ; avec eux Gérard de Roussillon. Le comte Roland n'est guère loin. Il dit au païen : « Dieu te maudisse ! A si grand tort tu m'occis mes compagnons ! Tu le paieras avant que nous nous séparions et tu vas apprendre le nom de mon épée. » En vrai baron, il va le frapper ; il lui tranche le poing droit. Puis il prend la tête à Jurfaleu le Blond : celui-là était fils du roi Marsile. Les païens s'écrient : « Aide-nous, Mahomet ! Vous, nos dieux, vengez-nous de Charles ! En cette terre il nous a mis de tels félons que, dussent-ils mourir, ils ne videront pas le champ. » L'un dit à l'autre : « Or donc fuyons ! » Et cent mille s'en vont : les rappelle qui veut, ils ne reviendront pas.

CXLIII

DE quoi sert leur déroute ? Si Marsile s'est enfui, son oncle est resté, Marganice, qui tient Carthage, Alfrere (?) et Garmalie et l'Éthiopie, une terre maudite : Il a en sa seigneurie l'engeance des Noirs. Leurs nez. sont grands, leurs oreilles larges ; ils sont là plus de cinquante mille ensemble. Ils lancent leurs chevaux hardiment, avec fureur, puis crient le cri d'armes des païens. Alors Roland dit : « Ici nous recevrons le martyre, et je sais bien maintenant que nous n'avons plus guère à vivre. Mais honte à qui d'abord ne se sera vendu cher ! Frappez, seigneurs, des épées fourbies, et disputez et vos morts et vos vies afin que douce France ne soit pas honnie par nous ! Quand en ce champ viendra Charles, mon seigneur, et qu'il verra quelle justice nous aurons faite des Sarrasins, et que, pour un des nôtres, il en trouvera quinze de morts, il ne laissera pas, certes, de nous bénir. »

CXLIV

QUAND Roland voit la gent maudite, qui est plus noire que l'encre et qui n'a rien de blanc que les dents, il dit : « Je le sais maintenant, en vérité, c'est aujourd'hui que nous mourrons. Frappez, Français, car je recommence ! » Olivier dit : « Honni soit le plus lent ! » A ces mots les Français foncent dans leur masse.

CXLV

QUAND les païens voient que les Français sont peu, ils s'enorgueillissent entre eux et se réconfortent. Ils se disent l'un à l'autre : « C'est que le tort est devers l'empereur ! » Le Marganice monte un cheval saure : Il l'éperonne fortement des éperons dorés, frappe Olivier par derrière, en plein dos. Le choc contre le corps a fendu [?] le haubert brillant ; l'épieu traverse la poitrine et ressort. Puis il dit : « Vous avez pris un rude coup ! Charles, le roi Magne, vous laissa aux ports pour votre malheur. S'il nous a fait du mal, il n'a pas sujet de s'en louer : car, rien que sur vous, j'ai bien vengé les nôtres. »

CXLVI

OLIVIER sent qu'il est frappé â mort. Il tient Hauteclaire, dont l'acier est bruni. Il frappe Marganice sur 1e heaume aigu, tout doré. Il en fait sauter par terre les fleurons et les cristaux, lui fend la tête jusqu'aux dents de devant. Il secoue sa lame dans la plaie et l'abat mort. Il dit ensuite : « Païen, maudit sois-tu ! Je ne dis pas que Charles n'ait rien perdu ; du moins, tu n'iras pas, au royaume dont tu fus, te vanter à aucune femme, à aucune dame, de m'avoir pris un denier vaillant ni d'avoir fait tort soit à moi, soit à personne au monde. » Puis il appelle Roland pour qu'il l'aide.

CXLVII

OLIVIER sent qu'il est blessé à mort. Jamais il ne se vengera tout son saoul. Au plus épais de la masse, il frappe en vrai baron. Il taille en pièces épieux et boucliers, les pieds et les poings, les selles, les échines. Qui l'aurait vu démembrer les païens, jeter le mort sur le mort, pourrait se souvenir d'un bon chevalier. L'enseigne de Charles, il n'a garde de l'oublier : « Montjoie ! » crie-t-il, haut et clair. Il appelle Roland, son pair et son ami :

« Sire compagnon, venez vers moi, tout près ; à grande douleur, en ce jour, nous serons séparés. »

CXLVIII

ROLAND regarde Olivier au visage : il le voit terni, blêmi, tout pâle, décoloré. Son sang coule clair au long de son corps ; sur la terre tombent les caillots. « Dieu ! dit le comte, je ne sais plus quoi faire. Sire compagnon, c'est grand'pitié de votre vaillance ! Jamais nul ne te vaudra. Ah ! France douce, comme tu resteras aujourd'hui dépeuplée de bons vassaux, humiliée et déchue ! L'empereur en aura grand dommage. » A ces mots, sur son cheval il se pâme.

CXLIX

VOILA sur son cheval Roland pâmé, et Olivier qui est blessé à mort. Il a tant saigné, ses yeux se sont troublés : il n'y voit plus assez clair pour reconnaître, loin ou près, homme qui vive. Comme il aborde son compagnon, il le frappe sur son heaume couvert d'or et de gemmes, qu'il fend tout jusqu'au nasal ; mais il n'a pas atteint la tête. A ce coup Roland l'a regardé et lui demande doucement, par amour : « Sire compagnon, le faites-vous de votre gré ? C'est moi, Roland, celui qui vous aime tant ! Vous ne m'aviez porté aucun défi ! » Olivier dit : « Maintenant j'entends votre voix. Je ne vous vois pas ; veuille le Seigneur Dieu vous voir ! Je vous ai frappé, pardonnez-le-moi. » Roland répond : « Je n'ai aucun mal. Je vous pardonne, ici et devant Dieu. » A ces mots, l'un vers l'autre ils s'inclinèrent. C'est ainsi, à grand amour, qu'ils se sont séparés.

CL

OLIVIER sent que la mort l'angoisse. Les deux yeux lui virent dans la tête, il perd l'ouïe et tout à fait la vue. Il descend â pied, se couche contre terre. A haute voix il dit sa coulpe, les deux mains jointes et levées vers le ciel, et prie Dieu qu'il lui donne le paradis et qu'il bénisse Charles et douce France et, par-dessus tous les hommes, Roland, son compagnon. Le cœur lui manque, son heaume retombe, tout son corps s'affaisse contre terre. Le comte est mort, il n'a pas fait plus longue demeure ; le preux Roland le pleure et gémit. Jamais vous n'entendrez sur terre un homme plus douloureux.

CLI

ROLAND voit que son ami est mort, et qu'il gît, la face contre terre. Très doucement il dit sur lui l'adieu : « Sire compagnon, c'est pitié de votre hardiesse ! Nous fûmes ensemble et des ans et des jours : jamais tu ne me fis de mal, jamais je ne t'en fis. Quand te voilà mort, ce m'est douleur de vivre. » A ces mots, le marquis se pâme sur son cheval, qu'il nomme Veillantif. Ses étriers d'or fin le maintiennent droit en selle : par où qu'il penche, il ne peut choir.

CLII

AVANT que Roland se fût reconnu, ranimé et remis de sa pâmoison, un grand dommage lui vint : les Français sont morts, il les a tous perdus, hormis l'archevêque et Gautier de l'Hum. Gautier est redescendu des montagnes. Contre ceux d'Espagne il a combattu fortement. Ses hommes sont morts, les païens les ont vaincus. Bon gré mal gré, il fuit vers les vallées ; il invoque Roland pour qu'il l'aide : « Ah ! gentil comte, vaillant homme, où es-tu ? Jamais je n'eus peur, quand tu étais là. C'est moi, Gautier, celui qui conquit Maelgut, moi, le neveu de Droon, le vieux et le chenu. Pour ma prouesse tu me chérissais entre tes hommes. Ma lance est brisée et mon écu percé, et mon haubert démaillé et déchiré... Je vais mourir, mais je me suis vendu cher. » A ces derniers mots, Roland l'a entendu. Il éperonne et, poussant son cheval, vient vers lui [...].

CLIII

ROLAND est rempli de douleur et de colère. Au plus épais de la presse il se met à frapper. De ceux d'Espagne, il en jette morts vingt, et Gautier six, et l'archevêque cinq. Les païens disent : « Les félons que voilà ! Gardez, seigneurs, qu'ils ne s'en aillent vivants ! Traître qui ne va pas les attaquer, et couard qui les laissera échapper ! » Alors recommencent leurs huées et leurs cris. De toutes parts ils reviennent à l'assaut.

CLIV

LE comte Roland est un noble guerrier, Gautier de l'Hum un chevalier très bon, l'archevêque un prud'homme éprouvé. Pas un des trois ne veut faillir aux autres. Au plus fort de la presse ils frappent sur les païens. Mille Sarrasins mettent pied à terre ; à cheval, ils sont quarante milliers. Voyez-les qui n'osent approcher ! De loin ils jettent contre eux lances et épieux, guivres et dards, et des museraz, et des agiers... Aux premiers coups ils ont tué Gautier. A Turpin de Reims ils ont tout percé l'écu, brisé le heaume et ils l'ont navré à la tête ; ils ont rompu et démaillé son haubert, transpercé son corps de quatre épieux. Ils tuent sous lui son destrier. C'est grand deuil quand l'archevêque tombe.

CLV

TURPIN de Reims, quand il se voit abattu de cheval, le corps percé de quatre épieux, rapidement il se redresse debout, le vaillant. Il cherche Roland du regard, court à lui, et ne dit qu'une parole : « Je ne suis pas vaincu. Un vaillant, tant qu'il vit, ne se rend pas ! » Il dégaine Almace, son épée d'acier brun ; au plus fort de la presse, il frappe mille coups et plus. Bientôt, Charles dira qu'il ne ménagea personne, car il trouvera autour de lui quatre cents Sarrasins, les uns blessés, d'autres transpercés d'outre en outre et d'autres dont la tête est tranchée. Ainsi le rapporte la Geste ; ainsi le rapporte celui-là qui fut présent à la bataille : le baron Gilles, pour qui Dieu fait des miracles, en fit jadis la charte au moutier de Laon. Qui ne sait pas ces choses n'entend rien à cette histoire.

CLVI

LE comte Roland combat noblement, mais son corps est trempé de sueur et brûle ; et dans sa tête il sent un grand mal : parce qu'il a sonné son cor, sa tempe s'est rompue. Mais il veut savoir si Charles viendra. Il prend l'olifant, sonne, mais faiblement. L'empereur s'arrête, écoute : « Seigneurs », dit-il, « malheur à nous ! Roland, mon neveu, en ce jour, nous quitte. A la voix de son cor j'entends qu'il ne vivra plus guère. Qui veut le joindre, qu'il presse son cheval ! Sonnez vos clairons, tant qu'il y en a dans cette armée ! » Soixante mille clairons sonnent, et si haut que les monts retentissent et que répondent les vallées. Les païens l'entendent, ils n'ont garde d'en rire. L'un dit à l'autre : « Bientôt Charles sera sur nous. »

CLVII

LES païens disent : « L'empereur revient : de ceux de France entendez sonner les clairons. Si Charles vient, il y aura parmi nous du dommage. Si Roland survit, notre guerre recommence ; l'Espagne, notre terre, est perdue. » Quatre cents se rassemblent, portant le heaume, de ceux qui s'estiment les meilleurs en bataille. Ils livrent à Roland un assaut dur et âpre. Le comte a de quoi besogner pour sa part.

CLVIII

LE comte Roland, quand il les voit venir, se fait plus fort, plus fier, plus ardent. Il ne leur cédera pas tant qu'il sera en vie. Il monte le cheval qu'on appelle Veillantif. Il l'éperonne bien de ses éperons d'or fin ; au plus fort de la presse, il va tous les assaillir. Avec lui, l'archevêque Turpin. Les païens l'un à l'autre se disent : « Ami, venez-vous-en ! De ceux de France nous avons entendu les cors : Charles revient, le roi puissant. »

CLIX

LE comte Roland jamais n'aima un couard, ni un orgueilleux, ni un méchant, ni un chevalier qui ne fût bon guerrier. Il appela l'archevêque Turpin : « Sire, vous êtes à pied et je suis à cheval.

Pour l'amour de vous je tiendrai ferme en ce lieu. Ensemble nous y recevrons et le bien et le mal ; je ne vous laisserai pour nul homme fait de chair. Nous allons rendre aux païens cet assaut. Les meilleurs coups sont ceux de Durendal. » L'archevêque dit – Honni qui bien ne frappe ! Charles revient, qui bien nous vengera ! »

CLX

LES païens disent : « Nous sommes nés à la malheure ! Quel douloureux jour s'est levé pour nous ! Nous avons perdu nos seigneurs et nos pairs. Charles revient, le vaillant, avec sa grande armée. De ceux de France, nous entendons les clairons sonner clair ; ils crient « Montjoie ! » à grand bruit. Le comte Roland est de si fière hardiesse que nul homme fait de chair ne le vaincra jamais. Lançons contre lui nos traits, puis laissons-lui le champ. » Et ils lancèrent contre lui des dards et des guivres sans nombre, des épieux, des lances, des museraz empennés. Ils ont brisé et troué son écu, rompu et démaillé son haubert ; mais son corps, ils ne l'ont pas atteint. Pourtant, ils lui ont blessé Veillantif de trente blessures ; sous le comte ils l'ont abattu mort. Les païens s'enfuient, ils lui laissent le champ. Le comte Roland est resté, démonté.

CLXI

LES païens s'enfuient, marris et courroucés. Vers l'Espagne, ils se hâtent, à grand effort. Le comte Roland ne peut leur donner la chasse : il a perdu Veillantif, son destrier ; bon gré mal gré, il reste, démonté. Vers l'archevêque Turpin, il va, pour lui porter son aide. Il lui délaça du chef son heaume paré d'or et lui retira son blanc haubert léger. Il prit son bliaut et le découpa tout ; dans ses grandes plaies il en a bouté les pans. Puis il l'a pris dans ses bras, serré contre sa poitrine ; sur l'herbe verte il l'a mollement couché. Très doucement il lui fit une prière : « Ah ! gentil seigneur, donnez-m'en le congé : nos compagnons, qui nous furent si chers, les voilà morts, nous ne devons pas les laisser. Je veux aller les chercher et les reconnaître, et devant vous les déposer sur un rang, côte à côte. » L'archevêque dit : « Allez et revenez ! Ce champ est vôtre, Dieu merci ! vôtre et mien. »

CLXII

ROLAND part. Il va à travers le champ, tout seul. Il cherche par les vaux, il cherche par les monts. [Là il trouva Ivoire et Ivon, et puis il trouva le Gascon Engelier.] Là il trouva Gerin et Gerier son compagnon, et puis il trouva Bérengier et Aton. Là il trouva Anseïs et Samson, et puis il trouva Gérard le Vieux, de Roussillon. Un par un il les a pris, le vaillant, et il revient avec, vers l'archevêque. Devant ses genoux il les a mis sur un rang. L'archevêque pleure, il ne peut s'en tenir. Il lève la main, fait sa bénédiction. Après il dit : « C'est pitié de vous, seigneurs ! Que Dieu reçoive toutes vos âmes, le Glorieux ! En paradis qu'il les mette dans les saintes fleurs ! A mon tour, combien la mort m'angoisse ! Je ne reverrai plus l'empereur puissant. »

CLXIII

ROLAND repart ; à nouveau il va chercher par le champ. Il retrouve son compagnon, Olivier. Contre sa poitrine il le presse, étroitement embrassé. Comme il peut, il revient vers l'archevêque. Sur un écu il couche Olivier auprès des autres, et l'archevêque l'a absous et signé du signe de la croix. Alors redoublent la douleur et la pitié. Et Roland dit : « Olivier, beau compagnon, vous étiez fils du duc Renier, qui tenait la marche du Val de Runers. Pour rompre une lance et pour briser des écus, pour vaincre et abattre les orgueilleux, pour soutenir et conseiller les prud'hommes [...], en nulle terre il n'y a chevalier meilleur que vous ne fûtes ! »

CLXIV

LE comte Roland, quand il voit morts ses pairs, et Olivier qu'il aimait tant, s'attendrit : il se met à pleurer. Son visage a perdu sa couleur. Si grand est son deuil, il ne peut plus rester debout ; qu'il le veuille ou non, il choit contre terre, pâmé. L'archevêque dit : « Baron, c'est pitié de vous ! »

CLXV

L'ARCHEVÊQUE, quand il vit se pâmer Roland, en ressentit une douleur, la plus grande douleur qu'il eût ressentie. Il étendit la main : il a pris l'olifant. A Roncevaux il y a une eau courante : il veut y aller, il en donnera à Roland. A petits pas, il s'éloigne, chancelant. Il est si faible qu'il ne peut avancer. Il n'en a pas la force, il a perdu trop de sang ; en moins de temps qu'il n'en faut pour traverser un seul arpent, le cœur lui manque, il tombe, la tête en avant. La mort l'étreint durement.

CLXVI

LE comte Roland revient de pâmoison. Il se dresse sur ses pieds, mais il souffre d'une grande souffrance. Il regarde en aval, il regarde en amont : sur l'herbe verte, par delà ses compagnons, il voit gisant le noble baron, l'archevêque, que Dieu avait placé en son nom parmi les hommes. L'archevêque dit sa coulpe, il a tourné ses yeux vers le ciel, il a joint ses deux mains et les élève : il prie Dieu pour qu'il lui donne le paradis. Puis il meurt, le guerrier de Charles. Par de grandes batailles et par de très beaux sermons, il fut contre les païens, toute sa vie, son champion. Que Dieu lui octroie sa sainte bénédiction !

CLXVII

LE comte Roland voit l'archevêque contre terre. Hors de son corps il voit ses entrailles qui gisent : la cervelle dégoutte de son front. Sur sa poitrine, bien au milieu, il a croisé ses blanches mains, si belles. Roland dit sur lui sa plainte, selon la loi de sa terre : « Ah ! gentil seigneur, chevalier de bonne souche, je te recommande à cette heure au Glorieux du ciel. Jamais nul ne fera plus volontiers son service. Jamais, depuis les apôtres, il n'y eut tel prophète pour maintenir la loi et pour y attirer les hommes. Puisse votre âme n'endurer nulle privation ! Que la porte du paradis lui soit ouverte ! »

CLXVIII

ROLAND sent que sa mort est prochaine. Par les oreilles sa cervelle se répand. Il prie Dieu pour ses pairs, afin qu'il les appelle ; puis, pour lui-même, il prie l'ange Gabriel. Il prend l'olifant, pour que personne ne lui fasse reproche, et Durendal, son épée, en l'autre main. Un peu plus loin qu'une portée d'arbalète, vers l'Espagne, il va dans un guéret. Il monte sur un tertre. Là, sous deux beaux arbres, il y a quatre perrons, faits de marbre. Sur l'herbe verte, il est tombé à la renverse. Il se pâme, car sa mort approche.

CLXIX

HAUTS sont les monts, hauts sont les arbres. Il y a là quatre perrons, faits de marbre, qui luisent. Sur l'herbe verte, le comte Roland se pâme. Or un Sarrasin ne cesse de le guetter : il a contrefait le mort et gît parmi les autres, ayant souillé son corps et son visage de sang. Il se redresse debout, accourt. Il était beau et fort, et de grande vaillance ; en son orgueil il fait la folie dont il mourra ; il se saisit de Roland, de son corps et de ses armes, et dit une parole : « Il est vaincu, le neveu de Charles ! Cette épée, je l'emporterai en Arabie ! » Comme il tirait, le comte reprit un peu ses sens.

CLXX

ROLAND sent qu'il lui prend son épée. Il ouvre les yeux et lui dit un mot : « Tu n'es pas des nôtres, que je sache ! » Il tenait l'olifant, qu'il n'a pas voulu perdre. Il l'en frappe sur son heaume gemmé, paré d'or ; il brise l'acier, et le crâne, et les os, lui fait jaillir du chef les deux yeux et devant ses pieds le renverse mort. Après il lui dit : « Païen, fils de serf, comment fus-tu si osé que de te saisir de moi, soit à droit, soit à tort ? Nul ne l'entendra dire qui ne te tienne pour un fou ! Voilà fendu le pavillon de mon olifant ; l'or en est tombé, et le cristal. »

CLXXI

ROLAND sent que sa vue se perd. Il se met sur pieds, tant qu'il peut s'évertue. Son visage a perdu sa couleur. Devant lui est une pierre bise. Il y frappe dix coups, plein de deuil et de rancœur. L'acier grince, il ne se brise, ni ne s'ébrèche. « Ah ! » dit le comte, « sainte Marie, à mon aide ! Ah ! Durendal, bonne Durendal, c'est pitié de vous ! Puisque je meurs, je n'ai plus charge de vous. Par vous j'ai gagné en rase campagne tant de batailles, et par vous dompté tant de larges terres, que Charles tient, qui a la barbe chenue ! Ne venez jamais aux mains d'un homme qui puisse fuir devant un autre ! Un bon vassal vous a longtemps tenue ; il n'y aura jamais votre pareille en France la Sainte. »

CLXXII

ROLAND frappe au perron de sardoine. L'acier grince, il n'éclate pas, il ne s'ébrèche pas. Quand il voit qu'il ne peut la briser, il commence en lui-même à la plaindre : « Ah ! Durendal, comme tu es belle, et claire, et brillante ! Contre le soleil comme tu luis et flambes ! Charles était aux vaux de Maurienne, quand du ciel Dieu lui manda par son ange qu'il te donnât à l'un de ses comtes capitaines : alors il m'en ceignit, le gentil roi, le Magne. Par elle je lui conquis l'Anjou et la Bretagne, par elle je lui conquis le Poitou et le Maine. Je lui conquis Normandie la franche, et par elle je lui conquis la Provence et l'Aquitaine, et la Lombardie et toute la Romagne. Je lui conquis la Bavière et toute la Flandre, la Bourgogne et [...], Constantinople, dont il avait reçu l'hommage, et la Saxe, où il fait ce qu'il veut. Par elle je lui conquis l'Écosse [...] et l'Angleterre, sa chambre, comme il l'appelait. Par elle je conquis tant et tant de contrées, que Charles tient, qui a la barbe blanche. Pour cette épée j'ai douleur et peine. Plutôt mourir que la laisser aux païens ! Dieu, notre Père, ne souffrez pas que la France ait cette honte ! »

CLXXIII

ROLAND frappa contre une pierre bise. Il en abat plus que je ne sais vous dire. L'épée grince, elle n'éclate ni ne se rompt. Vers le ciel elle rebondit. Quand le comte voit qu'il ne la brisera point, il la plaint en lui-même, très doucement : « Ah ! Durendal, que tu es belle et sainte ! Ton pommeau d'or est plein de reliques : une dent de saint Pierre, du sang de saint Basile, et des cheveux de monseigneur saint Denis, et du vêtement de sainte Marie. Il n'est pas juste que des païens te possèdent : des chrétiens doivent faire votre service. Puissiez-vous ne jamais tomber aux mains d'un couard ! Par vous j'aurai conquis tant de larges terres, que tient Charles, qui a la barbe fleurie ! L'empereur en est puissant et riche. »

CLXXIV

ROLAND sent que la mort le prend tout : de sa tête elle descend vers son cœur. Jusque sous un pin il va courant ; il s'est couché sur l'herbe verte, face contre terre. Sous lui il met son épée et l'olifant. Il a tourné sa tête du côté de la gent païenne : il a fait ainsi, voulant que Charles dise, et tous les siens, qu'il est mort en vainqueur, le gentil comte. A faibles coups et souvent, il bat sa coulpe. Pour ses péchés il tend vers Dieu son gant.

CLXXV

ROLAND sent que son temps est fini. Il est couché sur un tertre escarpé, le visage tourné vers l'Espagne. De l'une de ses mains il frappe sa poitrine : « Dieu, par ta grâce, mea culpa, pour mes péchés, les grands et les menus, que j'ai faits depuis l'heure où je naquis jusqu'à ce jour où me voici abattu ! » Il a tendu vers Dieu son gant droit. Les anges du ciel descendent à lui.

CLXXVI

LE comte Roland est couché sous un pin. Vers l'Espagne il a tourné son visage. De maintes choses il lui vient souvenance : de tant de terres qu'il a conquises, le vaillant, de douce France, des hommes de son lignage, de Charlemagne, son seigneur, qui l'a nourri. Il en pleure et soupire, il ne peut s'en empêcher. Mais il ne veut pas se mettre lui-même en oubli ; il bat sa coulpe et implore la merci de Dieu : « Vrai Père, qui jamais ne mentis, toi qui rappelas saint Lazare d'entre les morts, toi qui sauvas Daniel des lions, sauve mon âme de tous périls, pour les péchés que j'ai faits dans ma vie ! » Il a offert à Dieu son gant droit : saint Gabriel l'a pris de sa main. Sur son bras il a laissé retomber sa tête ; il est allé, les mains jointes, à sa fin. Dieu lui envoie son ange Chérubin et saint Michel du Péril ; avec eux y vint saint Gabriel. Ils portent l'âme du comte en paradis.

CLXXVII

ROLAND est mort ; Dieu a son âme dans les cieux. L'empereur parvient à Roncevaux. Il n'y a route ni sentier, pas une aune, pas un pied de terrain libre où ne gise un Français ou un païen. Charles s'écrie : « Où êtes-vous, beau neveu ? Où est l'archevêque ? Où, le comte Olivier ? Où est Gerin ? et Gerier, son compagnon ? Où est Oton ? et le comte Bérengier ? Ivon et Ivoire, que je chérissais tant ? Qu'est devenu le Gascon Engelier ? le duc Samson ? et le preux Anseïs ? Où est Gérard de Roussillon, le Vieux ? Où sont-ils, les douze pairs, qu'ici j'avais laissés ? » De quoi sert qu'il appelle, quand pas un ne répond ? » « Dieu ! » dit le roi, « j'ai bien sujet de me désoler. Que ne fus-je au commencement de la bataille ! » Il tourmente sa barbe en homme rempli d'angoisse ; ses barons chevaliers pleurent ; contre terre, vingt mille se pâment. Le duc Naimes en a grande pitié.

CLXXVIII

IL n'y a chevalier ni baron qui de pitié ne pleure, douloureusement. Ils pleurent leurs fils, leurs frères, leurs neveux et leurs amis et leurs seigneurs liges ; contre terre, beaucoup se sont pâmés. Le duc Naimes a fait en homme sage, qui, le premier, dit à l'empereur : « Regardez en avant, à deux lieues de nous ; vous pourrez voir les grands chemins poudroyer, tant il y a de l'engeance sarrasine. Or donc, chevauchez ! Vengez cette douleur ! – Ah ! Dieu », dit Charles, « déjà ils sont si loin ! Accordez-moi mon droit, faites-moi quelque grâce ! C'est la fleur de douce France qu'ils m'ont ravie ! » Il appela Oton et Geboin, Tedbalt de Reims et le comte Milon : « Gardez le champ de bataille, par les monts, par les vaux. Laissez les morts couchés, tout comme ils sont. Que bête ni lion n'y touche ! Que n'y touche écuyer ni valet ! Que nul n'y touche, je vous l'ordonne, jusqu'à ce que Dieu nous permette de revenir dans ce champ ! » Et ils répondent avec douceur, en leur amour : « Droit empereur, cher seigneur, ainsi ferons-nous ! » Ils retiennent auprès d'eux mille de leurs chevaliers.

CLXXIX

L'EMPEREUR fait sonner ses clairons ; puis il chevauche, le preux, avec sa grande armée. Ils ont forcé ceux d'Espagne à tourner le dos (?) ; ils tiennent la poursuite d'un même cœur, tous ensemble. Quand l'empereur voit décliner la vêprée, il descend de cheval sur l'herbe verte, dans un pré : il se prosterne contre terre et prie le Seigneur Dieu de faire que pour lui le soleil s'arrête, que la nuit tarde et que le jour dure. Alors vient à lui un ange, celui qui a coutume de lui parler. Rapide, il lui donne ce commandement : « Charles, chevauche ; la clarté ne te manque pas. C'est la fleur de France que tu as perdue, Dieu le sait. Tu peux te venger de l'engeance criminelle ! » Il dit, et l'empereur remonte à cheval.

CLXXX

POUR Charlemagne Dieu fit un grand miracle, car le soleil s'arrête, immobile. Les païens fuient, les Francs leur donnent fortement la chasse. Au Val Ténébreux ils les atteignent, les poussent vivement vers Saragosse, les tuent à coups frappés de plein cœur. Ils les ont coupés des routes et des chemins les plus larges. L'Èbre est devant eux : l'eau en est profonde, redoutable, violente ; il n'y a ni barge, ni dromont, ni chaland. Les païens supplient un de leurs dieux, Tervagant, puis se précipitent ; mais nul ne les protégera. Ceux qui portent le heaume et le haubert sont les plus pesants : ils coulent à fond, nombreux ; les autres s'en vont flottant à la dérive ; les plus heureux boivent à foison, tant qu'enfin tous se noient, à grande angoisse. Les Français s'écrient : « Roland, c'est grand'pitié de votre mort ! »

CLXXXI

QUAND Charles voit que les païens sont tous morts, les uns tués par le fer, et la plupart noyés, et quel grand butin ont fait ses chevaliers, il descend à pied, le gentil roi, se couche contre terre et rend grâces à Dieu. Quand il se relève, le soleil est couché. L'empereur dit : « C'est l'heure de camper ; pour retourner à Roncevaux, il est tard. Nos chevaux sont las et recrus. Enlevez-leur les selles, ôtez-leur de la tête les freins et par ces prés laissez-les se rafraîchir. » Les Francs répondent : « Sire, vous dites bien. »

CLXXXII

L'EMPEREUR a établi son campement. Les Français mettent pied à terre dans le pays désert. Ils enlèvent à leurs chevaux les selles, leur ôtent de la tête les freins dorés ; ils leur livrent les prés ; ils y trouvent beaucoup d'herbe fraîche : on ne peut leur donner d'autres soins. Qui est très las dort contre terre. Cette nuit-là, on ne fit point garder le camp.

CLXXXIII

L'EMPEREUR s'est couché dans un pré. Le preux met près de sa tête son grand épieu. Cette nuit il n'a pas voulu se désarmer ; il garde son blanc haubert safré ; il garde lacé son heaume aux pierres serties d'or, et Joyeuse ceinte ; jamais elle n'eut sa pareille : chaque jour sa couleur change trente fois. Nous savons bien ce qu'il en fut de la lance dont Notre Seigneur fut blessé sur la Croix : Charles, par la grâce de Dieu, en possède la pointe et l'a fait enchâsser dans le pommeau d'or : à cause de cet honneur et de cette grâce, l'épée a reçu le nom de Joyeuse. Les barons de France ne doivent pas l'oublier : c'est de là qu'ils ont pris leur cri d'armes : « Montjoie ! » et c'est pourquoi nul peuple ne peut tenir contre eux.

CLXXXIV

CLAIRE est la nuit, et la lune brillante. Charles est couché, mais il est plein de deuil pour Roland, et son cœur est lourd à cause d'Olivier, et des douze pairs, et des Français : à Roncevaux, il les a laissés morts, tout sanglants. Il pleure et se lamente, il ne peut s'en tenir, et prie Dieu qu'il sauve les âmes. Il est las, car sa peine est très grande. Il s'endort, il n'en peut plus. Par tous les prés, les Francs se sont endormis. Pas un cheval qui puisse se tenir debout ; s'ils veulent de l'herbe, ils la broutent couchés. Il a beaucoup appris, celui qui a souffert.

CLXXXV

CHARLES dort en homme qu'un tourment travaille. Dieu lui a envoyé saint Gabriel ; il lui commande de garder l'empereur. L'ange se tient toute la nuit à son chevet. Par une vision, il lui annonce une bataille qui lui sera livrée. Il la lui montre par des signes funestes. Charles a levé son regard vers le ciel : il y voit les tonnerres et les vents et les gelées, et les orages et les tempêtes prodigieuses, un appareil de feux et de flammes, qui soudainement choit sur toute son armée. Les lances de frêne et de pommier s'embrasent, et les écus jusqu'à leurs boucles d'or pur. Les hampes des épieux tranchants éclatent, les hauberts et les heaumes d'acier se tordent ; Charles voit ses chevaliers en grande détresse. Puis des ours et des léopards veulent les dévorer, des serpents et des guivres, des dragons et des démons. Et plus de trente milliers de griffons sont là, qui tous fondent sur les Français. Et les Français crient : « Charlemagne, à notre aide ! » Le roi est ému de douleur et de pitié ; il veut y aller, mais il est empêché. D'une forêt vient contre lui un grand lion, plein de rage, d'orgueil et de hardiesse. Le lion s'en prend à sa personne même et l'attaque : tous deux pour lutter se prennent corps à corps. Mais Charles ne sait qui est dessus, qui est dessous. L'empereur ne s'est pas réveillé.

CLXXXVI

APRÈS cette vision, une autre lui vint : qu'il était en France, à Aix, sur un perron, et tenait un ours enchaîné par deux chaînes. Du côté de l'Ardenne il voyait venir trente ours. Chacun parlait comme un homme. Ils lui disaient : « Sire, rendez-le-nous ! Il n'est pas juste que vous le reteniez plus longtemps. Il est notre parent, nous lui devons notre secours. » De son palais accourt un lévrier. Sur l'herbe verte, au delà des autres, il attaque l'ours le plus grand. Là le roi regarde un merveilleux combat ; mais il ne sait qui vainc, qui est vaincu. Voilà ce que l'ange de Dieu a montré au baron. Charles dort jusqu'au lendemain, au jour clair.

CLXXXVII

LE roi Marsile s'enfuit à Saragosse. Sous un olivier il a mis pied à terre, à l'ombre. Il rend à ses hommes son épée, son heaume et sa brogne ; sur l'herbe verte il se couche misérablement. Il a perdu sa main droite, tranchée net ; pour le sang qu'il perd, il se pâme d'angoisse. Devant lui sa femme, Bramimonde, pleure et crie, hautement se lamente. Avec elle plus de vingt mille hommes, qui maudissent Charles et douce France. Vers Apollin ils courent, dans une crypte, le querellent, l'outragent laidement : « Ah ! mauvais dieu ! Pourquoi nous fais-tu pareille honte ? Pourquoi as-tu souffert la ruine de notre roi ? Qui te sert bien, tu lui donnes un mauvais salaire ! » Puis ils lui enlèvent son sceptre et sa couronne [...], le renversent par terre à leurs pieds, le battent et le brisent à coups de forts bâtons. Puis à Tervagan, ils arrachent son escarboucle ; Mahomet, ils le jettent dans un fossé, et porcs et chiens le mordent et le foulent.

CLXXXVIII

MARSILE est revenu de pâmoison. Il se fait porter dans sa chambre voûtée : des signes de diverses couleurs y sont peints et tracés. Et la reine Bramimonde pleure sur lui, s'arrache les cheveux : « Chétive ! » dit-elle, puis à haute voix elle s'écrie : « Ah ! Saragosse, comme te voilà déparée, quand tu perds le gentil roi qui t'avait en sa baillie ! Nos dieux furent félons, qui ce matin lui faillirent en bataille. L'émir fera une couardise, s'il ne vient pas combattre l'engeance hardie, ces preux si fiers qu'ils n'ont cure de leurs vies. L'empereur à la barbe fleurie est vaillant et plein d'outrecuidance : si l'émir lui offre la bataille, il ne fuira pas. Quel deuil qu'il n'y ait personne qui le tue ! »

CLXXXIX

L'EMPEREUR, par vive force, sept ans tous pleins est resté dans l'Espagne. Il y conquiert des châteaux, des cités nombreuses. Le roi Marsile s'évertue à lui résister. Dès la première année il a fait sceller ses brefs : à Babylone il a requis Baligant : c'est l'émir, le vieillard chargé de jours, qui vécut plus que Virgile et Homère.

Qu'il vienne à Saragosse le secourir : s'il ne le fait, Marsile reniera ses dieux et toutes les idoles qu'il adore ; il recevra la loi chrétienne ; il cherchera la paix avec Charlemagne. Et l'émir est loin, il a longuement tardé. De quarante royaumes il appelle ses peuples ; il a fait apprêter ses grands dromonts, des vaisseaux légers et des barges, des galles et des nefs. Sous Alexandrie, il y a un port près de la mer ; il assemble là toute sa flotte. C'est en mai, au premier jour de l'été : il lance sur la mer toutes ses armées.

CXC

GRANDES sont les armées de cette engeance haïe. Les païens cinglent à force de voiles, rament, gouvernent. A la pointe des mâts et sur les hautes proues, escarboucles et lanternes brillent, nombreuses : d'en haut elles jettent en avant une telle clarté que par la nuit la mer en est plus belle. Et, comme ils approchent de la terre d'Espagne, la côte s'éclaire toute et resplendit. La nouvelle en vient jusqu'à Marsile.

CXCI

LA gent des païens n'a cure de faire relâche. Ils laissent la mer, entrent dans les eaux douces. Ils passent Marbrise et passent Marbrose, remontent l'Èbre avec toutes leurs nefs. Lanternes et escarboucles brillent sans nombre et toute la nuit leur donnent grande clarté. Au jour, ils parviennent à Saragosse.

CXCII

LE jour est clair et le soleil brillant. L'émir est descendu de son vaisseau. A sa droite s'avance Espaneliz ; dix-sept rois marchent :à sa suite ; puis viennent des comtes et des ducs dont je ne sais le nombre. Sous un laurier, au milieu d'un champ, on jette sur l'herbe verte un tapis de soie blanche : un trône y est dressé, tout d'ivoire. Là s'assied le païen Baligant ; tous les autres sont restés debout. Leur seigneur, le premier, parla : « Écoutez, francs chevaliers vaillants ! Le roi Charles, l'empereur des Francs, n'a droit de manger que si je le commande. Par toute l'Espagne il m'a fait une grande guerre ; en douce France je veux aller le requérir. Je n'aurai de relâche en toute ma vie qu'il ne soit tué ou ne s'avoue vaincu. » En gage de sa parole, il frappe son genou de son gant droit.

CXCIII

PUISQU'IL l'a dit, il se promet fermement qu'il ne laissera pas, pour tout l'or qui est sous le ciel, d'aller à Aix, là où Charles tient ses plaids. Ses hommes l'en louent, lui donnent même conseil. Alors il appela deux de ses chevaliers ; l'un est Clarifan et l'autre Clarien : « Vous êtes fils du roi Maltraien, qui avait coutume de porter volontiers des messages. Je vous commande que vous alliez à Saragosse. De ma part annoncez-le à Marsile : contre les Français je suis venu l'aider. Si j'en trouve occasion, il y aura une grande bataille. En gage, donnez-lui ployé ce gant paré d'or et qu'il en gante son poing droit ! Et portez-lui ce bâtonnet d'or pur, et qu'il vienne à moi pour reconnaître son fief ! J'irai en France pour guerroyer Charles. S'il n'implore pas ma merci, couché à mes pieds, et s'il ne renie point la loi des chrétiens, je lui enlèverai de la tête la couronne. » Les païens répondent : « Sire, vous avez bien dit. »

CXCIV

BALIGANT dit : « Barons, à cheval ! que l'un porte le gant, l'autre le bâton ! » Ils répondent : « Cher seigneur, ainsi ferons-nous ! » Tant chevauchent-ils qu'ils parviennent à Saragosse. Ils passent dix portes, traversent quatre ponts, longent les rues où se tiennent les bourgeois. Comme ils approchent, au haut de la cité, ils entendent une grande rumeur, qui vient du palais. Là s'est amassée l'engeance des païens, qui pleurent, crient, mènent grand deuil : ils regrettent leurs dieux, Tervagan, et Mahomet, et Apollin, qu'ils n'ont plus. Ils disent l'un à l'autre : « Malheureux ! que deviendrons-nous ? Sur nous a fondu un grand fléau : nous avons perdu le roi Marsile ; hier le comte Roland lui trancha le poing droit ; et Jurfaleu le blond, nous ne l'avons plus. Toute l'Espagne sera désormais à leur merci ! » Les deux messagers mettent pied à terre au perron.

CXCV

ILS laissent leurs chevaux sous un olivier : deux Sarrasins les ont saisis par les rênes. Et les messagers se prennent par leurs manteaux, puis montent au plus haut du palais. Quand ils entrèrent dans la chambre voûtée, ils firent par amitié un salut malencontreux : « Que Mahomet, qui nous a en sa baillie, et Tervagan, et Apollin, notre seigneur, sauvent le roi et gardent la reine ! » Bramimonde dit : « J'entends de très folles paroles ! Ces dieux que vous nommez, nos dieux, ils nous ont failli. A Roncevaux, ils ont fait de laids miracles : ils ont laissé massacrer nos chevaliers ; mon seigneur que voici, ils l'ont abandonné dans la bataille. Il a perdu le poing droit : c'est Roland qui l'a tranché, le comte puissant. Charles tiendra en sa seigneurie toute l'Espagne !

Que deviendrai-je, douloureuse, chétive ? Hélas ! n'y aura-t-il personne pour me tuer ? »

CXCVI

CLARIEN dit : « Dame, ne parlez pas sans fin ! Nous sommes messagers de Baligant, le païen. Il défendra Marsile, il le promet ; comme gages, il lui envoie son gant et son bâton. Sur l'Èbre nous avons quatre mille chalands, des vaisseaux, des barges et de rapides galées, et tant de dromonts que je n'en sais le compte. L'émir est fort et puissant ; en France il s'en ira, en quête de Charlemagne ; il se fait fort de le tuer ou de le réduire à merci. » Bramimonde dit : « Pourquoi irait-il si loin ? Plus près d'ici vous pourrez trouver les Francs. Voilà sept ans que l'empereur est en ce pays ; il est hardi, bon combattant ; il mourrait plutôt que de fuir d'un champ de bataille ; sous le ciel il n'y a roi qu'il craigne plus qu'on craindrait un enfant. Charles ne redoute homme qui vive ! »

CXCVII

« LAISSEZ ! » dit le roi Marsile ; et, aux messagers : « Seigneurs, c'est à moi qu'il faut parler. Vous le voyez, la mort m'étreint, et je n'ai ni fils, ni fille, ni héritier. J'en avais un : il fut tué hier soir. Dites à mon seigneur qu'il me vienne voir. L'émir a droit sur la terre d'Espagne. Je la lui rends en franchise, s'il veut, mais qu'il la défende contre les Français ! Je lui donnerai, quant à Charlemagne, un bon conseil : de ce jour en un mois il le tiendra prisonnier. Vous lui porterez les clefs de Saragosse. Puis dites-lui qu'il ne s'en ira pas, s'il me croit. » Ils répondent : « Seigneur, vous dites bien. »

CXCVIII

MARSILE dit : « Charles l'empereur m'a tué mes hommes ; il a ravagé ma terre ; mes cités, il les a forcées et violées. Cette nuit il a couché aux rives de l'Èbre : ce n'est qu'à sept lieues d'ici, je les ai comptées. Dites à l'émir qu'il y mène son armée. Je le lui mande par vous : qu'il livre là une bataille ! » Il leur a remis les clefs de Saragosse. Les messagers s'inclinent tous deux ; ils prennent congé, puis s'en retournent.

CXCIX

LES deux messagers sont montés à cheval. Ils sortent en hâte de la cité, vers l'émir s'en vont en grand désarroi. Ils lui présentent les clefs de Saragosse. Baligant dit : « Qu'avezvous appris ? Où est Marsile, que j'avais mandé ? » Clarien répond : « Il est blessé à mort. L'empereur était hier au passage des ports, il voulait retourner en douce France. Il avait formé une arrière-garde, bien propre à lui faire honneur, car le comte Roland y était resté, son neveu, et Olivier, et tous les douze pairs, et vingt milliers de ceux de France, tous chevaliers. Le roi Marsile leur livra bataille, le vaillant. Roland et lui se rencontrèrent. Roland lui donna de Durendal un tel coup qu'il lui a séparé du corps le poing droit. Il a tué son fils, qu'il aimait tant, et les barons qu'il avait amenés. Marsile s'en revint, fuyant, il ne pouvait tenir. L'empereur lui a violemment donné la poursuite. Le roi vous mande que vous le secouriez ; il vous rend en franchise le royaume d'Espagne. » Et Baligant se prend à songer. Il a si grand deuil qu'il en est presque fou.

CC

« SEIGNEUR émir », dit Clarien, « à Roncevaux, hier, une bataille fut livrée. Roland est tué et le comte Olivier, et les douze pairs, que Charles aimait tant ; de leurs Français vingt mille sont tués. Le roi Marsile y a perdu le poing droit et l'empereur l'a violemment poursuivi : en cette terre il ne reste pas un chevalier qui n'ait été tué par le fer ou noyé dans l'Èbre. Les Français sont campés sur la rive : ils sont si proches de nous en ce pays que, si vous le voulez, la retraite leur sera dure. » Et le regard de Baligant redevient fier ; son cœur s'emplit de joie et d'ardeur. De son trône il se lève tout droit et s'écrie : « Barons, ne tardez pas ! Sortez des nefs ; en selle, et chevauchez ! S'il ne s'enfuit pas, le vieux Charlemagne, le roi Marsile sera tôt vengé : pour son poing perdu, je lui livrerai la tête de l'empereur. »

CCI

LES païens d'Arabie sont sortis des nefs, puis sont montés sur les chevaux et les mulets. Ils commencent leur chevauchée, qu'ont-ils à faire d'autre ? Et l'émir, qui les a tous mis en branle, appelle Gemalfin, l'un de ses fidèles : « Je te confie toutes mes armées. » Puis il se met en selle sur un sien destrier bai. Avec lui il emmène quatre ducs. Il a tant chevauché qu'il arrive à Saragosse. A un perron de marbre il met pied à terre, et quatre comtes lui ont tenu l'étrier. Par les degrés il monte au palais. Et Bramimonde accourt à sa rencontre et lui dit : « Chétive, et née à la malheure, sire, j'ai perdu mon seigneur, et si honteusement ! » Elle choit à ses pieds, l'émir l'a relevée, et tous deux vers la chambre montent, pleins de douleur.

CCII

LE roi Marsile, comme il voit Baligant, appelle deux Sarrasins d'Espagne : « Prenez-moi dans vos bras, et me redressez. » De son poing gauche il a pris un de ses gants : « Seigneur roi, émir, dit-il, je vous rends (?) toutes mes terres, et Saragosse, et le fief qui en dépend. Je me suis perdu et j'ai perdu tout mon peuple. » Et l'émir répond : « J'en ai grande douleur ; mais je ne puis longtemps converser avec vous : je sais que Charles ne m'attend pas. Et toutefois je reçois votre gant. » Plein de son affliction, il s'éloigne en pleurant. Il descend les degrés du palais, monte à cheval, retourne vers ses troupes à force d'éperons. Il chevauche si vivement qu'il dépasse les autres. Par instants il s'écrie : « Venez, païens, car déjà ils pressent leur fuite ! »

CCIII

Au matin, à la première pointe de l'aube, s'est réveillé l'empereur Charles. Saint Gabriel, qui de par Dieu le garde, lève la main, sur lui fait son signe. Le roi se met debout, dépose ses armes, et, comme lui, par toute l'armée, les autres se désarment. Puis ils se mettent en selle et par les longues voies et par les chemins larges chevauchent à grande allure. Ils s'en vont voir le prodigieux dommage, à Roncevaux, là où fut la bataille.

CCIV

A Roncevaux Charlemagne est parvenu. Pour les morts qu'il trouve, il se met à pleurer. Il dit aux Français : « Seigneurs, allez au pas, car il faut que j'aille moi-même en avant de vous, pour mon neveu, que je voudrais retrouver. J'étais à Aix, au jour d'une fête solennelle, quand mes vaillants chevaliers se vantèrent de grandes batailles, de forts assauts qu'ils livreraient. J'entendis Roland dire une chose : que, s'il devait mourir en royaume étranger, il y aurait pénétré plus avant que ses hommes et ses pairs, qu'on le trouverait la tête tournée vers le pays ennemi, et qu'ainsi, le vaillant, il finirait en vainqueur. » Un peu plus loin qu'on peut lancer un bâton, au delà des autres, l'empereur est monté sur un tertre.

CCV

TANDIS qu'il va cherchant son neveu, il trouva dans le pré tant d'herbes, dont les fleurs sont vermeilles du sang de nos barons ! Pitié lui prend, il ne peut se tenir de pleurer. Il arrive en un lieu qu'ombragent deux arbres. Il reconnaît sur trois perrons les coups de Roland ; sur l'herbe verte il voit son neveu, qui gît. Qui s'étonnerait, s'il frémit de douleur ? Il descend de cheval, il y va en courant. Entre ses deux mains... Il se pâme sur lui, tant son angoisse l'étreint.

CCVI

L'EMPEREUR est revenu de pâmoison. Le duc Naimes et le comte Acelin, Geoffroi d'Anjou et son frère Thierry le prennent, le redressent sous un pin. Il regarde à terre, voit son neveu gisant. Si doucement il dit sur lui l'adieu : « Ami Roland, que Dieu te fasse merci ! Nul homme jamais ne vit chevalier tel que toi pour engager les grandes batailles et les gagner. Mon honneur a tourné vers le déclin. » Charles ne peut s'en tenir, il se pâme.

CCVII

LE roi Charles est revenu de pâmoison. Par les mains le tiennent quatre de ses barons. Il regarde à terre, voit gisant son neveu. Son corps est resté beau, mais il a perdu sa couleur ; ses yeux sont virés et tout pleins de ténèbres. Par amour et par foi Charles dit sur lui sa plainte : « Ami Roland, que Dieu mette ton âme dans les fleurs, en paradis, entre les glorieux ! Quel mauvais seigneur tu suivis en Espagne ! (?) Plus un jour ne se lèvera que pour toi je ne souffre. Comme ma force va déchoir, et mon ardeur ! Je n'aurai plus personne qui soutienne mon honneur : il me semble n'avoir plus un seul ami sous le ciel ; j'ai des parents, mais pas un aussi preux. » A pleines mains il arrache ses cheveux. Cent mille Français en ont une douleur si grande qu'il n'en est aucun qui ne fonde en larmes.

CCVIII

« Ami Roland, je m'en irai en France. Quand je serai à Laon, mon domaine privé, de maints royaumes viendront les vassaux étrangers. Ils demanderont : « Où est-il, le comte capitaine ? » Je leur dirai qu'il est mort en Espagne, et je ne régnerai plus que dans la douleur et je ne vivrai plus un jour sans pleurer et sans gémir.

CCIX

« AMI Roland, vaillant, belle jeunesse, quand je serai à Aix, en ma chapelle, les vassaux viendront, demanderont les nouvelles. Je les leur dirai, étranges et rudes : « Il est mort, mon neveu, celui qui me fit conquérir tant de terres. » Contre moi se rebelleront les Saxons et les Hongrois et les Bulgares et tant de peuples maudits, les Romains et ceux de la Pouille et tous ceux de Palerne, ceux d'Afrique et ceux de Califerne [...] Qui conduira aussi puissamment mes armées, quand il est mort, celui qui toujours nous guidait ? Ah ! France, comme tu restes dépeuplée ! Mon deuil est si grand, je voudrais ne plus être ! » Il tire sa barbe blanche, de ses deux mains arrache les cheveux de sa tête. Cent mille Français se pâment contre terre.

CCX

« AMI Roland, que Dieu te fasse merci ! Que ton âme soit mise en paradis ! Celui qui t'a tué, c'est la France qu'il a jetée dans la détresse ! J'ai si grand deuil, je voudrais ne plus vivre ! O mes chevaliers, qui êtes morts pour moi ! Puisse Dieu, le fils de sainte Marie, accorder que mon âme, avant que j'atteigne les maîtres ports de Cize, se sépare en ce jour même de mon corps et qu'elle soit placée auprès de leurs âmes et que ma chair soit enterrée auprès d'eux ! » Il pleure, tire sa barbe blanche. Et le duc Naimes dit : « Grande est l'angoisse de Charles ! »

CCXI

« SIRE empereur », dit Geoffroi d'Anjou, « ne vous livrez pas si entièrement â cette douleur ! Par tout le champ faites rechercher les nôtres, que ceux d'Espagne ont tués dans la bataille. Commandez qu'on les porte dans une même fosse. » Le roi dit : « Sonnez votre cor pour en donner l'ordre. »

CCXII

GEOFFROI d'Anjou a sonné son cor. Les Français descendent de cheval, Charles l'a commandé. Tous leurs amis qu'ils retrouvent morts, ils les portent aussitôt à une même fosse. Il y a dans l'armée des évêques et des abbés en nombre, des moines, des chanoines, des prêtres tonsurés : ils leur donnent de par Dieu l'absoute et la bénédiction. Ils allument la myrrhe et le thimiame, ils les encensent tous avec zèle, puis les enterrent à grand honneur. Après, ils les laissent : que peuvent-ils pour eux, désormais ?

CCXIII

L'EMPEREUR fait appareiller pour l'ensevelissement Roland, et Olivier, et l'archevêque Turpin. Devant ses yeux il les a fait ouvrir tous trois. Il fait recueillir leurs cœurs dans un linceul de soie ; on les enferme dans un blanc cercueil de marbre (?). Puis on a pris les corps des trois barons et on les a mis, bien lavés d'aromates et de vin, en des peaux de cerf. Le roi appelle Tedbalt et Geboin, le comte Milon et Oton le marquis : « Emmenez-les sur trois chars... » Ils sont bien recouverts d'un drap de soie de Galaza.

CCXIV

L'EMPEREUR Charles veut s'en retourner : or devant lui surgissent les avant-gardes des païens. De leur troupe la plus proche viennent deux messagers. Au nom de l'émir, ils lui annoncent la bataille : « Roi orgueilleux, il n'est pas question de repartir. Vois Baligant qui chevauche après toi ! Grandes sont les armées qu'il amène d'Arabie. Avant ce soir nous verrons si tu as de la vaillance. » Charles le roi a porté la main à sa barbe ; il se remémore son deuil et ce qu'il a perdu. Il jette sur toute sa gent un regard fier, puis s'écrie de sa voix forte et haute : « Barons français, à cheval et aux armes ! »

CCXV

L'EMPEREUR, lui le premier, s'arme. Rapidement il a revêtu sa brogne. Il lace son heaume, il a ceint Joyeuse, dont le soleil même n'éteint pas la clarté. Il pend à son cou un écu de Biterne. Il saisit son épieu et le brandit. Puis, sur Tencendur, son bon cheval, il monte : il l'a conquis aux gués qui sont sous Marsonne, quand il jeta hors des arçons Malpalin de Nerbone et le renversa mort. Il lâche au destrier la rêne, l'éperonne à coups pressés, prend son galop sous le regard de cent mille hommes. Il invoque Dieu et l'apôtre de Rome.

CCXVI

PAR tout le champ ceux de France mettent pied à terre : plus de cent mille s'adoubent à la fois. Ils ont des équipements à leur gré, des chevaux vifs, et leurs armes sont belles. Puis, ils se mettent en selle [...] Si l'heure en vient, ils comptent soutenir la bataille. Leurs gonfanons pendent jusqu'à toucher les heaumes. Quand Charles voit leur contenance si belle, il appelle Jozeran de Provence, Naimes le duc, Antelme de Mayence : « Sur de tels vaillants on doit se reposer. Bien fou qui, au milieu d'eux, se tourmente ! Si les Arabes ne renoncent pas à venir, je leur vendrai cher, je crois, la mort de Roland. » Le duc Naimes répond : « Que Dieu nous l'accorde ! »

CCXVII

CHARLES appelle Rabel et Guinemant. Le roi leur dit : « Seigneurs, je vous le commande, soyez aux postes de Roland et d'Olivier : que l'un porte l'épée, l'autre l'olifant, et chevauchez en avant, les premiers : avec vous, quinze milliers de Français, tous bacheliers et vaillants entre nos vaillants. Après ceux-là il y en aura autant : Giboin et Lorant les guideront. » Naimes le duc et Jozeran le comte rangent en bel arroi ces deux corps de bataille. Si l'heure en vient, la lutte sera grande.

CCXVIII

LES deux premiers corps de bataille sont faits de Français. Après, on établit le troisième. En celui-là sont les vassaux de Bavière : on estime leur nombre à vingt mille chevaliers. Jamais de leur côté une ligne de combat ne fléchira. Il n'est pas sous le ciel de gent que Charles aime mieux, hormis ceux de France, qui conquièrent les royaumes. Le comte Ogier le Danois, le bon guerrier, les mènera, car c'est une fière troupe.

CCXIX

L'EMPEREUR Charles a déjà trois corps de bataille. Naimes le duc forme alors le quatrième, de barons qui sont pleins de vaillance : ils sont d'Allemagne, et tous les estiment à vingt milliers. Ils sont pourvus de bons chevaux, de bonnes armes. Jamais, par peur de mourir, ceux-là ne lâcheront pied. Herman, le duc de Trace, les mènera : il mourrait plutôt que de faire une couardise.

CCXX

NAIMES le duc et Jozeran le comte ont formé de Normands le cinquième corps de bataille. Tous les Français estiment qu'ils sont vingt mille. Ils ont de belles armes et de bons chevaux rapides ; ils mourront plutôt que de se rendre. Sous le ciel il n'y a pas de peuple qui puisse plus faire au combat. Richard le Vieux les mènera. Celui-là frappera bien de son épieu tranchant.

CCXXI

LE sixième corps de bataille, ils l'ont fait de Bretons. Ils ont là trente mille chevaliers. Ceux-là chevauchent en vrais barons : ils portent des lances dont la hampe est peinte ; leurs gonfanons y sont fixés. Leur seigneur se nomme Eudon. Il appelle le comte Nevelon, Tedbalt de Reims et Oton le marquis : « Guidez ma gent, je vous remets cet honneur. »

CCXXII

L'EMPEREUR a six corps de bataille formés. Le duc Naimes établit alors le septième. Il est fait des Poitevins et des barons d'Auvergne. Ils peuvent être quarante mille chevaliers. Ils ont de bons chevaux et leurs armes sont très belles. Ils se forment à part dans un val au pied d'un tertre, et de sa main droite Charles les bénit. Jozeran et Godselme mèneront ceux-là.

CCXXIII

ET le huitième corps de bataille, Naimes l'a formé de Flamands et de barons de Frise ; ils ont plus de quarante mille chevaliers. Là où ils seront, jamais bataille ne fléchira. Le roi dit : « Ceux-là feront bien mon service. » A eux deux, Rembalt et Hamon de Galice les guideront en bons chevaliers.

CCXXIV

NAIMES et Jozeran le comte ont formé de vaillants le neuvième corps de bataille. Ce sont les Lorrains et ceux de Bourgogne : ils ont cinquante mille chevaliers bien comptés, le heaume lacé, la brogne endossée. Ils ont des épieux forts, aux hampes courtes. Si les Arabes ne refusent pas le combat, ceux-là frapperont bien, une fois lancés contre eux. Thierry les mènera, le duc d'Argonne.

CCXXV

LE dixième corps de bataille est fait des barons de France. Ils sont cent mille, de nos meilleurs capitaines. Leurs corps sont gaillards, leur contenance fière, leurs chefs fleuris, leurs barbes blanches. Ils ont revêtu des hauberts et des brognes à double tissu de mailles, ceint des épées de France et d'Espagne ; et leurs écus bien ouvrés sont parés de maintes connaissances. Puis, ils sont montés à cheval et demandent la bataille. Ils crient : « Montjoie ! » C'est avec eux que Charlemagne se tient. Geoffroi d'Anjou porte l'oriflamme. Elle avait été à Saint-Pierre et se nommait Romaine : mais à Montjoie elle avait changé de nom (?).

CCXXVI

L'EMPEREUR descend de son cheval. Sur l'herbe verte il s'est couché, face contre terre. Il tourne son visage vers le soleil levant, et de tout son cœur invoque Dieu : « Vrai Père, en ce jour, défends-moi, toi qui sauvas Jonas et le retiras du corps de la baleine, toi qui épargnas le roi de Ninive et qui délivras Daniel de l'horrible supplice dans la fosse où il était avec les lions, toi qui protégeas les trois enfants dans la fournaise ardente ! En ce jour, que ton amour m'assiste ! Par ta grâce, s'il te plaît ainsi, accorde-moi que je puisse venger mon neveu Roland ! » Quand il eut fait oraison, il se redressa debout et signa son chef du signe puissant. Il se remet en selle sur son cheval rapide : Naimes et Jozeran lui ont tenu l'étrier. Il prend son écu et son épieu tranchant. Son corps est noble, gaillard et de belle prestance ; son visage, clair et assuré. Puis il chevauche, ferme sur l'étrier. A l'avant, à l'arrière, les clairons sonnent ; plus haut que tous les autres, l'olifant a retenti. Par pitié de Roland, les Français pleurent.

CCXXVII

TRÈS noblement l'empereur chevauche. Sur sa poitrine, hors de la brogne, il a étalé sa barbe. Pour l'amour de lui, les autres font de même ; par là se reconnaîtront les cent mille Français de son corps de bataille. Ils passent les monts et les hauteurs rocheuses, les vaux profonds, les défilés pleins d'angoisse. Ils sortent des ports et de la région inculte. Ils ont pénétré en Espagne et s'établissent au milieu d'une plaine. Vers Baligant reviennent ses avant-gardes. Et voici qu'un Syrien lui dit son message : « Nous avons vu l'orgueilleux roi Charles. Ses hommes sont fiers ; ils ne sauraient lui faillir. Armez-vous, sur l'heure vous aurez la bataille. » Baligant dit : « Elle s'annonce belle. Sonnez vos clairons, pour que mes païens le sachent ! »

CCXXVIII

PAR toute l'armée ils font retentir leurs tambours et les buccines et les cors haut et clair : les païens mettent pied à terre pour revêtir leurs armes. L'émir n'entend pas se montrer le plus lent. Il endosse une brogne dont les pans sont safrés, il lace son heaume paré d'or et de pierreries. Puis, à son flanc gauche il ceint son épée ; en son orgueil il lui a trouvé un nom : à cause de l'épée de Charles, dont il a entendu parler, [il nomme la sienne Précieuse], et « Précieuse ! » est son cri d'armes en bataille. Il le fait crier par ses chevaliers, puis il pend à son cou un sien grand écu large : la boucle en est d'or, parée d'une bordure de cristal ; la courroie est d'un bon drap de soie où des cercles sont brodés. Il saisit son épieu, qu'il appelle Maltet : la hampe en est grosse comme une massue ; son fer suffirait à la charge d'un mulet. Sur son destrier Baligant est monté ; Marcules d'outremer lui a tenu l'étrier. Le preux a l'enfourchure très grande, les flancs étroits et les côtés larges, la poitrine vaste et bien moulée, les épaules fortes, le teint très clair, le visage fier ; son chef bouclé est aussi blanc que fleur de printemps, et, sa vaillance, il l'a souvent prouvée. Dieu ! quel baron, s'il était chrétien ! Il pique son cheval : le sang sous l'éperon jaillit tout clair. Il prend le galop, saute un fossé : on y peut bien mesurer cinquante pieds de large. Les païens s'écrient : « Celui-là est fait pour défendre les marches ! Il n'est pas un

Français, s'il vient jouter contre lui, qui n'y perde, bon gré mal gré, sa vie ! Charles est bien fou qui ne s'en est allé ! »

CCXXIX

L 'EMIR est semblable à un vrai baron. Sa barbe est blanche comme fleur. Il est très sage clerc en sa loi ; dans la bataille il est fier et hardi. Son fils Malpramis est de grande chevalerie. Il est de haute taille, et fort ; il ressemble à ses ancêtres. Il dit à son père : « Or donc, sire, en avant ! Si nous voyons Charles, j'en serai fort surpris. » Baligant dit : « Nous le verrons, car il est très preux. Maintes annales disent de lui de grandes louanges. Mais il n'a plus son neveu, Roland : il ne sera pas de force à tenir contre nous. »

CCXXX

« BEAU fils Malpramis », lui a dit Baligant, « l'autre hier fut tué Roland, le bon vassal, et Olivier, le vaillant et le preux, et les douze pairs, que Charles aimait tant ; vingt mille combattants furent tués, de ceux de France. Tous les autres, je ne les prise pas la valeur d'un gant. En vérité, l'empereur revient : le Syrien, mon messager, me l'annonça. Dix grands corps de bataille approchent. Celui-là est très preux, qui sonne l'olifant. D'un cor au son clair son compagnon lui répond, et tous deux chevauchent les premiers, en avant : avec eux, quinze mille Français, de ces bacheliers que Charles appelle ses enfants ; après, il en vient tout autant : ceux-là combattront très orgueilleusement. » Malpramis dit : « Je vous demande un don : que je frappe le premier coup ! »

CCXXXI

« FILS Malpramis », lui a dit Baligant, « ce que vous m'avez demandé, je vous l'octroie. Contre les Français, sur l'heure, vous irez frapper. Vous y mènerez Torleu, le roi persan, et Dapamort, le roi leutice. Si vous pouvez mater leur grand orgueil, je vous donnerai un pan de mon pays, depuis Cheriant jusqu'au Val Marchis. » Il répond : « Sire, soyez remercié ! » Il s'avance, recueille le don, la terre qui était celle du roi Flurit. Il la reçoit à la male heure : jamais il ne devait la voir ; jamais de ce fief il ne fut ni vêtu ni saisi.

CCXXXII

L 'EMIR chevauche par les rangs de ses troupes. Son fils le suit, à la haute stature. Le roi Torleu et le roi Dapamort établissent sur l'heure trente corps de bataille ; ils ont des chevaliers en nombre merveilleux : le moindre corps en compte cinquante mille. Le premier est formé de ceux de Butentrot, et le second de Misnes aux grosses têtes : sur leurs échines, au long du dos, ils ont des soies, tout comme les porcs. Et le troisième est formé de Nubles et de Blos, et le quatrième de Bruns et d'Esclavons, et le cinquième de Sorbres et de Sors, et le sixième d'Arméniens et de Maures, et le septième de ceux de Jéricho, et le huitième de Nigres, et le neuvième de Gros, et le dixième de ceux de Balide la Forte ; c'est une engeance qui jamais ne voulut le bien. L'amiral jure par tous les serments qu'il peut, par les miracles de Mahomet et par son corps : « Bien fou Charles de France, qui chevauche vers nous ! Il y aura bataille, s'il ne se dérobe pas. Jamais plus il ne portera la couronne d'or. »

CCXXXIII

APRÈS ils établissent dix autres corps de bataille. Le premier est formé des laids Chananéens : ils sont venus de Val-Fuit en prenant par la traverse ; le second de Turcs, et le troisième de Persans, et le quatrième de Petchenègues et de [...], et le cinquième de Solteras et d'Avers, et le sixième d'Ormaleus et d'Eugiez, et le septième du peuple de Samuel, et le huitième de ceux de Bruise, et le neuvième de Clavers, et le dixième de ceux d'Occian le Désert : c'est une engeance qui ne sert pas Dieu. Jamais vous n'entendrez parler de pires félons : ils ont le cuir aussi dur que fer ; c'est pourquoi ils n'ont cure de haubert ni de heaume : à la bataille ils sont rudes et obstinés.

CCXXXIV

L'EMIR a ordonné dix autres corps de bataille. Le premier est formé des géants de Malprose, le second de Huns et le troisième de Hongrois, et le quatrième de ceux de Baldise la Longue, et le cinquième de ceux de Val Peneuse, et le sixième de ceux de Marose, et le septième de Leus et d'Astrimoines, et le huitième de ceux d'Argoilles, et le neuvième de ceux de Clarbonne, et le dixième de ceux de Fronde aux longues barbes ; c'est une engeance qui jamais n'aima Dieu. Les Annales tics Francs dénombrent ainsi trente corps de bataille. Grandes sont leurs armées où les buccines sonnent. Les païens chevauchent en vaillants.

CCXXXV

L'ÉMIR est un très puissant seigneur. Par devant lui il fait porter son dragon, et l'étendard de Tervagan et de Mahomet, et une image du félon Apollin. Dix Chananéens chevauchent à l'entour : ils vont sermonnant à voix très haute : « Celui qui par nos dieux veut être sauvé, qu'il les prie et les serve en toute humilité ! » Les païens baissent la tête, leurs heaumes brillants se penchent contre terre. Les Français disent : « Bientôt, truands, vous mourrez ! Puisse ce jour vous confondre ! Vous, notre Dieu, défendez Charles ! Que cette bataille soit livrée (?) en son nom ! »

CCXXXVI

L'ÉMIR est un chef très sage. Il appelle à lui son fils et les deux rois : « Seigneurs barons, vous chevaucherez devant. Mes corps de bataille, vous les guiderez tous ; mais j'en veux retenir trois, des meilleurs : le premier de Turcs, le second d'Ormaleis, et le troisième des géants de Malprose. Avec moi seront ceux d'Occiant : ce sont eux qui combattront Charles et les Français. Si l'empereur joute contre moi, sur ses épaules je prendrai sa tête. Il ne lui sera fait, qu'il le sache bien ! nul autre droit. »

CCXXXVII

GRANDES sont les armées, beaux les corps de bataille. Entre païens et Français, il n'y a ni mont, ni val, ni tertre, ni forêt, ni bois qui puisse cacher une troupe : ils se voient à plein par la terre découverte. Baligant dit : « Or donc, mes païens, chevauchez, pour chercher la bataille ! » Amborre d'Oluferne porte l'enseigne. A la voir, les païens crient son nom « Précieuse ! », leur cri d'armes. Les Français disent : « Que ce jour soit votre perte ! » Ils crient à nouveau « Montjoie ! » puissamment. L'empereur fait sonner ses clairons, et l'olifant, qui à tous leur donne du cœur. Les païens disent : « La gent de Charles est belle. Nous aurons une bataille âpre et forcenée. »

CCXXXVIII

LARGE est la plaine et le pays au loin se découvre. Les heaumes aux pierreries serties d'or brillent, et les écus et les brognes safrées et les épieux et les enseignes fixées aux fers. Les clairons retentissent, et leurs voix sont très claires, et hautes sont les tenues de l'olifant. L'émir appelle son frère, Canabeu, le roi de Florédée : celui-là tenait la terre jusqu'à la Val Sevrée. Il lui montre les corps de bataille de Charles : « Voyez l'orgueil de France la louée ! L'empereur chevauche très fièrement. Il est en arrière avec ces vieux qui sur leurs brognes ont jeté leurs barbes, aussi blanches que neige sur glace. Ceux-là frapperont bien des épées et des lances. Nous aurons une bataille dure et acharnée ; jamais nul n'aura vu la pareille. » Loin en avant de sa troupe, plus loin qu'on lancerait une verge pelée, Baligant chevauche. Il s'écrie : « Venez, païens, car je me mets en route. » Il brandit son épieu ; il en a tourné la pointe contre Charles.

CCXXXIX

CHARLES le Grand, quand il a vu l'émir, et le dragon, l'enseigne et l'étendard, et combien est grande la force des Arabes, et comme ils couvrent toute la contrée, hormis le terrain qu'il tient, le roi de France s'écrie, à voix très haute : « Barons français, vous êtes de bons vassaux. Vous avez soutenu tant de larges batailles ! Voyez les païens : ils sont félons et couards. Toute leur loi ne vaut pas un denier. Si leur engeance est nombreuse, seigneurs, qu'importe ? Qui ne veut à l'instant venir avec moi, qu'il s'en aille ! » Puis il pique son cheval des éperons : Tencendur par quatre fois bondit. Les Français disent : « Ce roi est un vaillant ! Chevauchez, barons ! Pas un de nous ne vous fait défaut. »

CCXL

LE jour était clair, le soleil éclatant. Belles sont les armées, puissants les corps de bataille. Ceux de l'avant s'affrontent. Le comte Rabel et le comte Guinemant lâchent les rênes à leurs chevaux rapides, donnent vivement de l'éperon. Alors les Francs laissent courre ; ils vont frapper de leurs épieux qui bien tranchent.

CCXLI

LE comte Rabel est chevalier hardi. Il pique son cheval de ses éperons d'or fin et va frapper Torleu, le roi persan : ni l'écu ni la brogne ne résistent au coup. Il lui a enfoncé au corps son épieu doré, et l'abat mort sur un petit buisson. Les Français disent : « Que Dieu nous aide ! Charles a pour lui le droit, nous ne devons pas lui faillir. »

CCXLII

ET Guinemant joute contre un roi leutice. Il lui a toute brisé sa targe, où sont peintes des fleurs ; puis il déchire sa brogne et lui plonge au corps tout son gonfanon, et, qu'on en pleure ou qu'on en rie, l'abat mort. A ce coup, ceux de France s'écrient : « Frappez, barons, ne tardez pas ! Le droit est à Charles contre la gent haïe (?) : Dieu nous a choisis pour dire le vrai jugement. »

CCXLIII

MALPRAMIS monte un cheval tout blanc. Il se jette dans la presse des Français. De l'un à l'autre il va, frappant de grands coups, et renverse le mort sur le mort. Tout le premier, Baligant s'écrie : « O mes barons, je vous ai longtemps nourris ! Voyez mon fils : c'est Charles qu'il cherche à joindre ! Combien de barons il requiert de ses armes ! Un plus vaillant que lui, je ne le cherche pas ! Secourez-le de vos épieux tranchants ! » A ces mots les païens s'élancent. Ils frappent des coups durs ; grand est le carnage. La bataille est merveilleuse et lourde : ni avant ni depuis, jamais on n'en vit une aussi rude.

CCXLIV

GRANDES sont les armées, les troupes hardies. Les corps de bataille sont tous engagés. Et les païens frappent merveilleusement. Dieu ! tant de hampes rompues en deux, tant d'écus brisés, tant de brognes démaillées ! La terre en est toute jonchée : ah ! l'herbe du champ, si verte, si délicate !... L'émir invoque ses fidèles : « Frappez, barons, sur l'engeance chrétienne ! » La bataille est dure et obstinée. Ni avant ni depuis on n'en vit une aussi âpre. Jusqu'à la nuit, elle durera sans trêve.

CCXLV

L'EMIR requiert les siens : « Frappez, païens ; vous n'êtes venus que pour frapper ! Je vous donnerai des femmes nobles et belles, je vous donnerai des fiefs, des domaines, des terres. » Les païens répondent : « Ainsi devons-nous faire ! » A force de frapper à toute volée, nombre de leurs épieux se brisent ; alors ils dégainent plus de cent mille épées. Voici la mêlée douloureuse et horrible : qui est au milieu d'eux voit ce qu'est une bataille.

CCXLVI

L'EMPEREUR invoque ses Français : « Seigneurs barons, je vous aime, j'ai foi en vous. Pour moi vous avez livré tant de batailles, conquis des royaumes, détrôné des rois ; je le reconnais bien, je vous en dois le salaire : mon corps, des terres, des richesses. Vengez vos fils, vos frères et vos héritiers, qui a Roncevaux furent tués l'autre soir. Vous le savez, contre les païens, j'ai le droit devers moi. » Les Francs répondent : « Sire, vous dites vrai. » Et vingt mille sont autour de lui, qui d'une voix lui jurent leur foi de ne lui faillir pour mort ni pour angoisse : ils y emploieront bien chacun sa lance. Aussitôt ils frappent des épées. La bataille est merveilleusement acharnée.

CCXLVII

ET Malpramis par le champ chevauche. De ceux de France il fait grand carnage. Naimes le duc le regarde d'un regard fier, et va le frapper en vaillant. Il brise la bordure de son écu ; il lui rompt (?) les deux pans de son haubert ; il lui enfonce toute dans le corps son enseigne jaune et l'abat mort, entre les autres, qui gisent sans nombre.

CCXLVIII

LE roi Canabeu, le frère de l'émir, pique fortement des éperons son cheval. Il a tiré son épée : le pommeau en est de cristal. Il frappe Naimes sur son heaume [...], le brise en deux moitiés, en tranche cinq des lacs de son épée d'acier, – le capelier ne lui sert de rien, – en fend la coiffe jusqu'à la chair, en jette par terre une pièce. Le coup fut rude, le duc est comme foudroyé. Il va tomber, mais Dieu l'aide. Il saisit de ses deux bras le col de son destrier. Si le païen redouble, le noble vassal est mort. Charles de France vient, qui le secourra.

CCXLIX

LE duc Naimes est en grande détresse. Et le païen presse Charles de frapper vite. Le roi lui dit. « Truand, c'est pour ton malheur que tu t'en es pris à celui-là ! » En sa hardiesse il va le frapper. Il brise l'écu du païen, le lui écrase contre le cœur. Il rompt la ventaille de son haubert et l'abat mort : la selle reste vide.

CCL

CHARLEMAGNE le roi est rempli de douleur, quand devant lui il voit Naimes blessé et son sang qui tombe clair sur l'herbe verte. Il lui dit, penché sur lui : « Beau sire Naimes, chevauchez à mon côté. Il est mort, le truand qui vous pressait ; je lui ai mis au corps mon épieu pour cette fois. » Le duc répond : « Sire, je me repose en vous ; si je survis, vous n'y perdrez pas. » Puis, en tout amour, en toute foi, ils vont côte à côte ; avec eux, vingt mille Français : il n'en est pas un qui ne tranche et ne taille.

CCLI

L'ÉMIR chevauche par le champ. Il s'en va frapper le comte Guinemant. Il lui écrase son écu blanc contre le cœur, déchire les pans de son haubert, lui ouvre en deux la poitrine et l'abat mort de son cheval rapide. Puis il a tué Geboin et Lorant, et Richard le Vieux, le seigneur des Normands. Les païens s'écrient : « Précieuse vaut son prix. Frappez, païens, nous avons un garant ! »

CCLII

IL fait beau voir les chevaliers d'Arabie, ceux d'Occiant, d'Argoille et de Bascle, comme ils frappent de leurs épieux ! Et, de leur part, les Français ne songent pas à rompre. Des Français, des païens, beaucoup meurent. Jusqu'au soir, la bataille fait rage. Combien sont morts, des barons de France ! Que de deuils encore avant qu'elle s'achève !

CCLIII

FRANCAIS et Arabes frappent à l'envi. Tant de hampes se brisent, tant d'épieux fourbis ! Qui aurait vu ces écus fracassés, qui aurait ouï ces blancs hauberts retentir, ces écus grincer contre les heaumes, qui aurait vu ces chevaliers choir et tant d'hommes hurler et mourir contre terre, il lui souviendrait d'une grande douleur. Cette bataille est lourde à soutenir. L'émir invoque Apollin et Tervagan et aussi Mahomet : « Mes seigneurs dieux, je vous ai longuement servis. Toutes tes images, je les ferai d'or pur !... » Devant lui vient un sien fidèle, Gemalfin ; il lui apporte de males nouvelles. Il dit : « Baligant, sire, un grand malheur est venu sur vous. Malpramis, votre fils, vous l'avez perdu. Et Canabeu, votre frère, est tué. Deux Français ont eu l'heur de les vaincre. L'empereur est l'un des deux, je crois : c'est un baron de haute taille, dont l'allure est bien celle d'un chef ; il a la barbe blanche comme fleur en avril. » L'émir baisse sa tête, que le heaume charge ; son visage s'assombrit, sa douleur est si forte qu'il en pense mourir. Il appela Jangleu d'Outremer.

CCLIV

L'EMIR dit : « Jangleu, avancez. Vous êtes preux et de grande sagesse : toujours j'ai pris (?) votre conseil. Que vous en semble, des Arabes et des Francs ? Aurons-nous la victoire dans cette bataille ? » Et il répond : « Vous êtes mort, Baligant ; vos dieux ne vous défendront pas. Charles est fier, ses hommes sont vaillants. Jamais je ne vis engeance si hardie au combat. Mais appelez à votre aide les barons d'Occiant, Turcs, Enfruns, Arabes et Géants. Advienne que pourra, ne tardez pas ! »

CCLV

L'EMIR a étalé sur sa brogne sa barbe, aussi blanche que fleur d'épine. Quoi qu'il doive arriver, il ne veut pas se cacher. Il embouche une buccine au timbre clair, en sonne si haut que ses païens l'entendirent : par tout le champ ses troupes se reforment au ralliement. Ceux d'Occiant braient et hennissent, ceux d'Argoille glapissent comme des chiens. Ils requièrent les Français, avec quelle témérité ! se jettent au plus épais, les rompent et les séparent. Du coup ils en jettent morts sept milliers.

CCLVI

LE comte Ogier ne connut jamais la couardise ; jamais meilleur baron ne vêtit la brogne. Quand il vit se rompre les corps de bataille des Français, il appela Thierry, le duc d'Argonne, Geoffroi d'Anjou et le comte Joseran. Très fièrement il exhorte Charles : « Voyez les païens, comme ils tuent vos hommes ! Ne plaise à Dieu que votre tête porte la couronne, si vous ne frappez sur l'heure pour venger votre honte ! » Il n'est personne qui réponde un seul mot. Tous donnent fortement de l'éperon, lancent à fond leurs chevaux, vont les frapper, où qu'ils les rencontrent.

CCLVII

CHARLEMAGNE le roi frappe merveilleusement, et Naimes le duc, et Ogier le Danois, et Geoffroi d'Anjou, lui qui tenait l'enseigne. Et monseigneur Ogier le Danois est preux entre tous. Il broche son cheval, le lance à toute force et va frapper celui qui tenait le dragon, d'un tel coup qu'il renverse sur place devant lui Amboire et le dragon et l'enseigne du roi. Baligant voit son gonfanon choir et l'étendard de Mahomet qui s'abat : alors l'émir commence à entrevoir qu'il a tort et que Charlemagne a droit. Les païens d'Arabie [...] L'empereur invoque ses Français : « Dites, barons, pour Dieu, si vous m'aiderez ! » Les Français répondent : « Pourquoi le demander ? Félon qui ne frappera à outrance ! »

CCLVIII

LE jour passe, la vêprée approche. Francs et païens frappent des épées. Ceux qui ont mis aux prises ces armées sont des preux l'un et l'autre. Ils n'oublient pas leur cri d'armes. L'émir crie : « Précieuse ! », Charles : « Montjoie ! », l'enseigne renommée. A leurs voix hautes et claires, ils se sont reconnus. Au milieu du champ ils se joignent, se requièrent, s'entre-donnent de grands coups d'épieu sur leurs targes ornées de cercles. Ils les brisent toutes deux au-dessous des larges boucles ; les pans des deux hauberts se déchirent, mais les combattants ne se sont pas atteints dans leur chair. Les sangles se rompent, les selles versent, les deux rois tombent. Par terre, ils se retournent et, vite, se redressent debout. Ils dégainent hardiment leurs épées. Cette lutte ne sera pas entravée : sans mort d'homme elle ne peut s'achever.

CCLIX

IL est très vaillant, Charles de douce France, et l'émir ne le craint ni ne tremble. Ils dressent leurs épées toutes nues, et sur leurs écus s'entre-donnent de grands coups. Ils en tranchent les cuirs et les airs, qui sont doubles ; les clous tombent, les boucles volent en pièces. Puis, à corps découvert, ils se frappent sur leurs brognes ; de leurs heaumes clairs des étincelles jaillissent. Cette lutte ne peut cesser que l'un des deux n'ait reconnu son tort.

CCLX

L'EMIR dit : « Charles, rentre en toi-même : résous-toi à me montrer que tu te repens ! En vérité, tu m'as tué mon fils et c'est à très grand tort que tu me disputes mon pays. Deviens mon vassal [...] Viens-t'en jusqu'en Orient, comme mon serviteur. » Charles répond : « Ce serait, à mon sens, faire une grande vilenie. A un païen je ne dois accorder ni paix ni amour. Reçois la loi que Dieu nous révèle, la loi chrétienne : aussitôt je t'aimerai ; puis sers et confesse le roi tout-puissant. » Baligant dit : « Tu prêches là un mauvais sermon ! » Alors ils recommencent à frapper de l'épée.

CCLXI

L'ÉMIR est d'une grande vigueur. Il frappe Charlemagne sur son heaume d'acier brun, le lui brise sur la tête et le fend ; la lame descend jusqu'à la chevelure, prend de la chair une pleine paume et davantage ; l'os reste à nu. Charles chancelle, il a failli tomber. Mais Dieu ne veut pas qu'il soit tué ni vaincu. Saint Gabriel est revenu vers lui, qui lui demande : « Roi Magne, que fais-tu ? »

CCLXII

QUAND Charles a entendu la sainte voix de l'ange, il ne craint plus, il sait qu'il ne mourra pas. Il reprend vigueur et connaissance. De l'épée de France il frappe l'émir. Il lui brise son heaume où flambent les gemmes, lui ouvre le crâne, et la cervelle s'épand, lui fend toute la tête jusqu'à la barbe blanche, et sans nul recours l'abat mort. Il crie : « Montjoie ! » pour qu'on se rallie à lui. Au cri le duc Naimes est venu ; il prend Tencendur, le roi

Magne y remonte. Les païens s'enfuient, Dieu ne veut pas qu'ils résistent. Les Français sont parvenus au terme tant désiré.

CCLXIII

LES païens s'enfuient, car Dieu le veut. Les Francs, et l'empereur avec eux, les pourchassent. Le roi dit : « Seigneurs, vengez vos deuils, passez votre colère et que vos cœurs s'éclairent, car j'ai vu ce matin vos yeux pleurer. » Les Francs répondent : « Sire, il nous faut ainsi faire ! » Chacun frappe à grands coups, tant qu'il peut. Des païens qui sont là, bien peu échappèrent.

CCLXIV

LA chaleur est forte, la poussière s'élève. Les païens fuient et les Français les harcèlent. La chasse dure jusqu'à Saragosse. Au haut de sa tour Bramidoine est montée ; avec elle ses clercs et ses chanoines de la fausse loi, que jamais Dieu n'aima : ils ne sont ni ordonnés ni tonsurés. Quand elle vit les Arabes en telle déroute, à haute voix elle s'écrie : « Mahomet, à l'aide ! Ah ! gentil roi, les voilà vaincus, nos hommes ! L'émir est tué, si honteusement ! » Quand Marsile l'entend, il se tourne vers la paroi, ses yeux versent des larmes, sa tête retombe. Il est mort de douleur, chargé de son péché. Il donne son âme aux démons.

CCLXV

LES païens sont morts... Et Charles a gagné la bataille. Il a abattu la porte de Saragosse : il sait qu'elle ne sera pas défendue.

Il se saisit de la cité ; ses troupes y pénètrent : par droit de conquête, elles y couchèrent cette nuit-là. Le roi à la barbe chenue en est rempli de fierté. Et Bramidoine lui a rendu les tours, les dix grandes, les cinquante petites. Qui obtient l'aide de Dieu achève bien ses tâches.

CCLXVI

LE jour passe, la nuit est tombée. La lune est claire, les étoiles brillent. L'empereur a pris Saragosse : par mille Français on fait fouiller à fond la ville, les synagogues et les mahommeries. A coups de mails de fer et de cognées ils brisent les images et toutes les idoles : il n'y demeurera maléfice ni sortilège. Le roi croit en Dieu, il veut faire son service ; et ses évêques bénissent les eaux. On mène les païens jusqu'au baptistère ; s'il en est un qui résiste à Charles, le roi le fait pendre, ou brûler ou tuer par le fer. Bien plus de cent mille sont baptisés vrais chrétiens, mais non la reine. Elle sera menée en douce France, captive : le roi veut qu'elle se convertisse par amour.

CCLXVII

LA nuit passe, le jour se lève clair. Dans les tours de Saragosse Charles met une garnison. Il y laissa mille chevaliers bien éprouvés : ils gardent la ville au nom de l'empereur. Le roi monte à cheval ; ainsi font tous ses hommes et Bramidoine, qu'il emmène captive ; mais il ne veut rien lui faire, que du bien. Ils s'en retournent, pleins de joie et de fierté. Ils occupent Nerbone de vive force et passent. Charles parvient à Bordeaux, la cité [...] : sur l'autel du baron saint Seurin, il dépose l'olifant, rempli d'or et de mangons ; les pèlerins qui vont là l'y voient encore. Il passe la

Gironde sur les grandes nefs qu'il y trouve. jusqu'à Blaye il a conduit son neveu, et Olivier, son noble compagnon, et l'archevêque, qui fut sage et preux. En de blancs cercueils il fait mettre les trois seigneurs : c'est à Saint-Romain qu'ils gisent, les vaillants. Les Français les remettent à Dieu et à ses Noms. Par les vaux, par les monts, Charles chevauche : jusqu'à Aix, il ne veut pas séjourner aux étapes. Tant chevauche-t-il qu'il descend au perron. Quand il est arrivé dans son palais souverain, il mande par messagers ses jugeurs, Bavarois et Saxons, Lorrains et Frisons ; il mande les Allemands, il mande les Bourguignons, et les Poitevins et les Normands et les Bretons, et ceux de France, qui entre tous sont sages. Alors commence le plaid de Ganelon.

CCLXVIII

L'EMPEREUR est revenu d'Espagne. Il vient à Aix, le meilleur siège de France. Il monte au palais, il est entré dans la salle. Voici que vient à lui Aude, une belle damoiselle. Elle dit au roi : « Où est-il, Roland le capitaine, qui me jura de me prendre pour sa femme ? » Charles en a douleur et peine. Il pleure, tire sa barbe blanche : « Sœur, chère amie, de qui t'enquiers- tu ? D'un mort. Je te ferai le meilleur échange : ce sera Louis, je ne sais pas mieux te dire. Il est mon fils, c'est lui qui tiendra mes marches. » Aude répond : « Cette parole m'est étrange. A Dieu ne plaise, à ses saints, à ses anges, après Roland, que je reste vivante ! » Elle perd sa couleur, choit aux pieds de Charlemagne. Elle est morte aussitôt : que Dieu ait pitié de son âme ! Les barons français en pleurent et la plaignent.

CCLXIX

AUDE la Belle est allée à sa fin. Le roi croit qu'elle est évanouie, il a pitié d'elle, il pleure. Il la prend par les mains, la relève ; sur les épaules, la tête retombe. Quand Charles voit qu'elle est morte, il mande aussitôt quatre comtesses. A un moutier de nonnes on la porte ; toute la nuit, jusqu'à l'aube, on la veille ; au long d'un autel bellement on l'enterre. Le roi l'a hautement honorée.

CCLXX

L'EMPEREUR est rentré à Aix. Ganelon le félon, en des chaînes de fer, est dans la cité, devant le palais. Des serfs l'ont attaché à un poteau ; ils entravent ses mains par des courroies de cuir de cerf, ils le battent fortement à coups de triques et de bâtons. Il n'a point mérité d'autres bienfaits. A grande douleur il attend là son jugement.

CCLXXI

IL est écrit dans la Geste ancienne que de maints pays Charles manda ses vassaux. Ils sont assemblés à Aix, à la chapelle. C'est le haut jour d'une fête solennelle, celle, disent plusieurs, du baron saint Sylvestre. Alors commence le plaid, et voici ce qu'il advint de Ganelon, qui a trahi. L'empereur devant lui l'a fait traîner.

CCLXXII

« SEIGNEURS barons », dit Charlemagne, le roi, « Jugez-moi Ganelon selon le droit. Il vint dans l'armée jusqu'en Espagne avec moi : il m'a ravi vingt mille de mes Français, et mon neveu, que vous ne reverrez plus, et Olivier, le preux et le courtois : les douze pairs, il les a trahis pour de l'argent. » Ganelon dit : « Honte sur moi, si j'en fais mystère ! Roland m'avait fait tort dans mon or, dans mes biens, et c'est pourquoi j'ai cherché sa mort et sa ruine. Mais qu'il y ait là la moindre trahison, je ne l'accorde pas. » Les Francs répondent : « Nous en tiendrons conseil. »

CCLXXIII

DEVANT le roi, Ganelon se tient debout. Il a le corps gaillard, le visage bien coloré : s'il était loyal, on croirait voir un preux. Il regarde ceux de France, et tous les jugeurs, et trente de ses parents qui tiennent pour lui, puis il s'écrie à voix haute et forte : « Pour l'amour de Dieu, barons, entendez-moi ! Seigneurs, je fus à l'armée avec l'empereur. Je le servais en toute foi, en tout amour. Roland, son neveu, me prit en haine et me condamna à la mort et à la douleur. Je fus envoyé comme messager au roi Marsile : par mon adresse, je parvins à me sauver. Je défiai le preux Roland et Olivier, et tous leurs compagnons : Charles et ses nobles barons entendirent mon défi. Je me suis vengé, mais ce ne fut pas trahison. » Les Francs répondent : « Nous irons en tenir conseil. »

CCLXXIV

GANELON voit que commence son grand plaid. Trente de ses parents sont là, avec lui. Il en est un à qui s'en remettent les autres, c'est Pinabel, du château de Sorence. Il sait bien parler et dire ses raisons comme il convient. Il est vaillant, quand il s'agit de défendre ses armes. Ganelon lui dit : « Am... reprenez-moi à la mort ! retirez-moi de ce plaid ! » Pinabel dit : « Bientôt vous serez sauvé. S'il se trouve un Français pour juger que vous devez être pendu, que l'empereur nous mette aux prises tous deux, corps contre corps : mon épée d'acier lui donnera le démenti. » Ganelon le comte s'incline à ses pieds.

CCLXXV

BAVAROIS et Saxons sont entrés en conseil, et les Poitevins, les Normands, les Français, Allemands et Thiois sont là en nombre ; ceux d'Auvergne y sont les plus courtois. Ils baissent le ton à cause de Pinabel. L'un dit à l'autre : « Il convient d'en rester là. Laissons le plaid, et prions le roi qu'il proclame Ganelon quitte pour cette fois ; que Ganelon le serve désormais en toute foi, en tout amour. Roland est mort, vous ne le reverrez plus ; ni or ni argent ne le rendrait. Bien fou qui combattrait [...] ! » Il n'en est pas un qui n'approuve, hormis Thierry, le frère de monseigneur Geoffroy.

CCLXXVI

VERS Charlemagne ses barons s'en reviennent. Ils disent au roi : « Sire, nous vous en prions, proclamez quitte le comte Ganelon ; puis, qu'il vous serve en tout amour et toute foi ! Laissez-le vivre, car il est très haut seigneur [...] Ni or ni argent ne vous rendrait Roland. » Le roi dit : « Vous êtes des félons. »

CCLXXVII

QUAND Charles voit que tous lui ont failli, il baisse la tête douloureusement. « Malheureux que je suis ! » dit-il. Or voici venir devant lui un chevalier, Thierry, frère de Geoffroy, un duc angevin. Il a le corps maigre, grêle, élancé, les cheveux noirs, le visage assez brun. Il n'est pas très grand, mais non plus trop petit. Il dit à l'empereur, courtoisement : « Beau sire roi, ne vous désolez pas ainsi. Je vous ai longtemps servi, vous le savez. Fidèle à l'exemple de mes ancêtres, je dois, dans un tel plaid, soutenir l'accusation. Si même Roland eut des torts envers Ganelon, Roland était à votre service : c'en devait être assez pour le garantir. Ganelon est félon, en tant qu'il a trahi : c'est envers vous qu'il s'est parjuré et qu'il a forfait. C'est pourquoi je juge qu'il soit pendu et qu'il meure, et que son corps... soit traité comme celui d'un félon qui fit une félonie. S'il a un parent qui veuille m'en donner le démenti, je veux, de cette épée que j'ai ceinte, soutenir sur l'heure mon jugement. » Les Francs répondent : « Vous avez bien dit. »

CCLXXVIII

DEVANT le roi, Pinabel s'est avancé. Il est grand et fort, vaillant et agile ; celui qu'un de ses coups atteint a fini son temps. Il dit au roi : « Sire, c'est ici votre plaid : commandez donc qu'on n'y fasse pas tant de bruit ! Je vois céans Thierry, qui a jugé. Je fausse son jugement et je combattrai contre lui. » Il remet au roi, en son poing, un gant de peau de cerf, le gant de sa main droite. L'empereur dit : « Je demande de bons garants. » Trente parents s'offrent en loyaux otages. Le roi dit : « Et je vous le mettrai donc en liberté sous caution. » Il les place sous bonne garde, jusqu'à ce qu'il soit fait droit.

CCLXXIX

QUAND Thierry voit qu'il y aura bataille, il présente à Charles son gant droit. L'empereur le met en liberté sous caution, puis il fait porter quatre bancs sur la place. Là ceux qui doivent combattre vont s'asseoir. Au jugement de tous, ils se sont provoqués selon les règles. C'est Ogier de Danemark qui a porté le double défi. Puis ils demandent leurs chevaux et leurs armes.

CCLXXX

PUISQU'ILS sont prêts à s'affronter en bataille, ils se confessent ; ils sont absous et bénis. Ils entendent leurs messes et reçoivent la communion. Ils laissent aux églises de très grandes offrandes. Puis, tous deux reviennent devant Charles. Ils ont chaussé leurs éperons, ils revêtent des hauberts blancs, forts et légers, lacent sur leurs têtes leurs heaumes clairs, ceignent des épées dont la garde est d'or pur, suspendent à leurs cous leurs écus à quartiers, saisissent de leurs poings droits leurs épieux tranchants, puis se mettent en selle sur leurs destriers rapides. Alors pleurèrent cent mille chevaliers, qui, pour l'amour de Roland, ont pitié de Thierry. Quelle sera la fin, Dieu le sait bien.

CCLXXXI

SOUS Aix la prairie est très large : là sont mis aux prises les deux barons. Ils sont preux et de grande vaillance, et leurs chevaux sont rapides et ardents. Ils les éperonnent bien, lâchent à fond les rênes. De toute leur vigueur, ils vont s'attaquer l'un l'autre. Les écus se brisent, volent en pièces, les hauberts se déchirent, les sangles éclatent, les troussequins versent, les selles tombent à terre. Cent mille hommes pleurent, qui les regardent.

CCLXXXII

LES deux chevaliers sont tombés contre terre. Rapidement, ils se redressent debout. Pinabel est fort, agile et léger. Ils se requièrent l'un l'autre ; ils n'ont plus leurs destriers. De leurs épées aux gardes d'or pur, ils frappent et refrappent sur leurs heaumes d'acier : les coups sont forts, jusqu'à fendre les heaumes. Grande est l'angoisse des chevaliers français : « Ah ! Dieu », dit Charles, « faites resplendir le droit ! »

CCLXXXIII

PINABEL dit : « Thierry, reconnais-toi vaincu ! Je serai ton vassal en toute foi, en tout amour ; à ton plaisir je te donnerai de mes richesses ; mais trouve pour Ganelon un accord avec le roi ! » Thierry répond : « Je ne tiendrai pas long conseil. Honte sur moi si j'y consens en rien ! Qu'entre nous deux, en ce jour, Dieu montre le droit ! »

CCLXXXIV

THIERRY dit : « Pinabel, tu es très preux, tu es grand et fort, tes membres sont bien moulés, et tes pairs te connaissent pour ta vaillance : renonce donc à cette bataille ! Je te trouverai un accord avec Charlemagne. Quant à Ganelon, justice sera faite de lui, et telle qu'à jamais, chaque jour, il en sera parlé. » Pinabel dit : « Ne plaise au Seigneur Dieu ! Je veux soutenir toute ma parenté. Je ne me rendrai pour nul homme qui vive. J'aime mieux mourir qu'en subir le reproche. » Ils recommencent à frapper des épées sur leurs heaumes, qui sont incrustés d'or. Contre le ciel volent, claires, les étincelles. Les séparer, nul ne pourrait. Ce combat ne peut finir sans qu'un homme meure.

CCLXXXV

PINABEL de Sorence est de très grande prouesse. Sur le heaume de Provence, il frappe Thierry : le feu jaillit, l'herbe s'enflamme. Il lui présente la pointe de sa lame d'acier. Elle descend sur son front [...] Il en a la joue droite toute sanglante. Il lui fend son haubert jusqu'au-dessus du ventre. Dieu le protège, Pinabel ne l'a pas renversé mort.

CCLXXXVI

THIERRY voit qu'il est blessé au visage. Son sang tombe clair sur l'herbe du pré. Il frappe Pinabel sur son heaume d'acier brun, le brise et le fend jusqu'au nasal, fait couler du crâne la cervelle ; il secoue sa lame dans la plaie et l'abat mort. Par ce coup sa bataille est gagnée. Les Francs s'écrient : « Dieu y a fait miracle ! Il est bien droit que Ganelon soit pendu, et ses parents qui ont répondu pour lui. »

CCLXXXVII

QUAND Thierry eut gagné sa bataille, l'empereur Charles vint à lui. Quatre de ses barons l'accompagnent, le duc Naimes, Ogier de Danemark, Geoffroi d'Anjou et Guillaume de Blaye. Le roi a pris Thierry dans ses bras ; des grandes peaux de son manteau de martre, il lui essuie la face, puis rejette le manteau : on lui en met un autre. Très tendrement on désarme le chevalier, on le monte sur une mule arabe ; on le ramène avec joie et en bel arroi. Les barons rentrent dans Aix, mettent pied à terre sur la place. Alors commence mise à mort des autres.

CCLXXXVIII

CHARLES appelle ses ducs et ses comtes : « Que me conseillez-vous à l'égard de ceux que j'ai retenus ? Ils étaient venus au plaid pour Ganelon ; ils se sont rendus à moi comme otages de Pinabel. » Les Francs répondent : « Pas un n'a le droit de vivre. » Le roi appelle Basbrun un sien voyer : « Va, et pends-les tous à l'arbre au bois maudit. Par cette barbe dont les poils sont chenus, s'il en échappe un seul, tu es mort et venu à ta perte. » Il répond : « Que puis-je faire d'autre ? » Avec cent sergents il les emmène de vive force : ils sont trente, qui furent tous pendus. Qui trahit perd les autres avec soi.

CCLXXXIX

ALORS s'en furent Bavarois et Allemands et Poitevins et Bretons et Normands. Tous sont tombés d'accord, et les Français les premiers, que Ganelon doit mourir en merveilleuse angoisse. On amène quatre destriers, puis on lui attache les pieds et les mains. Les chevaux sont ardents et rapides : devant eux, quatre sergents les poussent vers un cours d'eau qui traverse un champ, prêts à les saisir. Ganelon est venu à sa perdition. Tous ses nerfs se distendent, tous les membres de son corps se brisent ; sur l'herbe verte son sang se répand clair. Ganelon est mort de la mort qui sied à un félon prouvé. Quand un homme en trahit un autre, il n'est pas juste qu'il s'en puisse vanter.

CCXC

QUAND l'empereur eut prit sa vengeance, il appela ses évêques de France, ceux de Bavière et ceux d'Allemagne : « En ma maison j'ai une noble prisonnière. Elle a entendu tant de sermons et de paraboles qu'elle veut croire en Dieu et demande à se faire chrétienne. Baptisez-la, pour que Dieu ait son âme. » Ils répondent : « Qu'on lui donne des marraines ! » [...] Aux bains d'Aix... ils baptisèrent la reine d'Espagne ; ils lui ont trouvé pour nom Julienne. Elle s'est faite chrétienne par vraie connaissance de la sainte loi.

CCXCI

QUAND l'empereur eut fait justice et apaisé son grand courroux, il a fait chrétienne Bramidoine. Le jour s'en va, la nuit s'est faite noire. Le roi s'est couché dans sa chambre voûtée. De par Dieu, saint Gabriel vient lui dire : « Charles, par tout ton empire, lève tes armées ! Par vive force tu iras en la terre de Bire, tu secourras le roi Vivien dans sa cité d'Imphe, où les païens ont mis le siège. Là les chrétiens t'appellent et te réclament ! » L'empereur voudrait ne pas y aller : « Dieu ! » dit-il, « que de peines en ma vie ! » Ses yeux versent des larmes, il tire sa barbe blanche.

Ci falt la geste que Turoldus declinet.

Printed in Great Britain
by Amazon